BESSER LEBEN

MIT HANF

CBD – Royal

Cannabis Experts

VORWORT

Schon der Titel des Buches verrät, dass Hanf wirklich eine wunderbare Hilfe sein kann, um besser zu leben. CBD ist ein aus dem Hanf gewonnenes Cannabinoid. Es ist alles andere als berauschend, es macht klar und bewusst und ist legal. Ganz nebenbei unterstützt es unsere Körperfunktionen und Abläufe. CBD hat wirklich etwas Königliches. Ein wirklich gutes CBD-Öl darf man dann auch so benennen, und darum wird gerne zum Schluss auf ein solches hingewiesen! Es ist wichtig Aufklärungsarbeit zu leisten, denn Cannabis ist tatsächlich die Pflanze des Lebens. Gerade in nicht so einfachen Zeiten unterstützt es uns, dass wir ganzheitlich genesen. Hier muss gleich erwähnt werden, dass Hanf am Anfang von den Schamanen eingesetzt wurde. Von der Antike bis zur modernen Schulmedizin sowie rund um den Globus setzten es die Menschen zur Heilung ein. Bis heute schätzen die „Wissenden" Hanf. Heute darf sich seine Wirkung wieder entfalten. Durch Unbewusstheit leiden wir und unser Planet. Die Erde und wir werden ausgebeutet. Das muss JETZT ein Ende haben. Wir haben uns zu sehr im Denken verloren und unsere Gesellschaft wie unser individuelles Wahrnehmen ist durch das Konsumieren von geistigen wie physischen Dingen aller Art schon sehr aus dem Gleichgewicht geraten. Darum sind wir immer mehr überfordert und konsumieren immer mehr von Substanzen, Giften, Medikamenten und Suchmitteln, die uns letztlich krank machen. Allein das degenerierte Essen schadet der Psyche und macht uns letztlich sogar „unbewusster", um nicht zu sagen, dumm. Die Gesellschaft, der politische Druck und das Allgemeinbild, das von der Pflanze – die unser Retter sein könnte

– gezeichnet wurde und immer noch aufrechterhalten wird, sind völlig falsch. Nur allzu oft gehen viele Menschen von einer Droge, psychischer Abhängigkeit und Problemen der sozialen Existenz aus. Dabei wird vergessen, dass die Pflanze nicht nur berauschende Eigenschaften besitzt, sondern vor allem auch heilende. So gibt es viele Forscher, die sich seit Jahrzehnten mit den heilenden Eigenschaften der Pflanze bei unterschiedlichen Krankheitssymptomen, auch chronischer Natur, beschäftigen. Und das schon seit dem Jahre 1839. Allen voran stellte der irische Arzt William Brooke O'Shaughnessy krampflösende und schmerzlindernde Eigenschaften der Pflanze fest. Insbesondere Patienten mit chronisch entzündlichen Darmerkrankungen, wie Colitis Ulcerosa oder Morbus Crohn, können sich über eine signifikante Schmerzlinderung und Verbesserung der Beschwerden durch die Pflanze freuen. Dieser Aspekt ist gerade für Schmerzpatienten mit langjährigen Qualen und einschneidenden Lebensgeschichten eine wahre Wohltat. Auch im geistig seelischen Bereich wirken die Substanzen der Pflanze, wie beispielsweise bei Depressionen, Alzheimer, Schlafstörungen und vieles mehr auf natürliche Art und Weise. Bis ins 20. Jahrhundert waren Hanfpräparate – Europa und den USA – in Apotheken frei erhältlich. Sukzessive wurde Cannabis rezeptpflichtig und später immer mehr verboten, bis letztlich die Pharmazie und wirtschaftliche Interessen das Wundernaturprodukt verdrängte. Wenn man weiß, welche und wie viele nachgewiesenen Krankheitsbilder durch die Pflanze des Lebens Linderung finden und dies sogar wissenschaftlich bestätigt wurde, und Cannabis dennoch in die Prohibition gedrängt wurde, zweifelt man am gesunden Verstand des Menschen. Ja, es ist krank, dass wir uns gegenseitig ausbeuten und dass viele versuchen, über mehr Macht und Geld den fehlenden Frieden zu kompensieren. Dennoch, es ist wie es ist, und vermutlich haben wir auch die Erfahrungen, die wir von Beginn des 20. Jahrhunderts bis jetzt gemacht haben, auch gebraucht, um uns dahin zu entwickeln. Hanf und CBD werden uns ein guter Begleiter sein, um einschätzen zu können, was möglich wäre. Oder das Bewusstsein ermöglicht uns, die Auswahl zu treffen, was uns guttäte. Hanf wird auch deshalb Pflanze des Lebens genannt, weil die weibliche Pflanze im Notfall selbst männliche Samen ausbildet, um zu überleben. Es fällt nicht schwer zu behaupten, dass uns die Pflanze zurück zum Leben führen kann und wird. Die Cannabispflanze hat die Zeit gesund überlebt, ist nicht degeneriert, weil sie sich selbst schützt. Die Wurzel der Pflanze ist nicht verwertbar, dass sie die Gifte des Bodens in Blausäure verwandelt – und sich damit wiederum selbst schützt. Viele Parallelen zur menschlichen, physischen und psychischen Seinsebene sind zu erkennen. CBD nährt das menschliche Endocannabinoide System. Es unterstützt damit das gesamte menschliche körperliche und psychische System – sich selbst zu regulieren und Ausgleiche zu finden. Diese Vorgänge und Wirkungen sind ausreichend erforscht und erprobt. Der medizinische Konsum der Pflanzenextrakte wird natürlich auch wissenschaftlich und ärztlich überwacht, sodass mit jeder neuen Forschung entsprechend aktuelle Forschungsergebnisse und weitere spannende Details zur Verfügung stehen. Nicht nur chronisch entzündliche Darmerkrankungspatienten können von dem heilenden Mehrwert der Pflanze ihren Nutzen ziehen. Unzählige Krankheitsbilder können durch die hochwertigen Hanfprodukte erheblich gelindert und verbessert werden. Dies liegt vor allem an der hohen entzündungshemmenden Wirkung der Pflanze. Um auf legalem Weg Gebrauch von diesen besonderen Eigenschaften zu machen, stellen Spezialisten hochwertiges Cannabidiol-Öl (CBD-Öl) ohne psychoaktive Wirkung her. Der berauschende Zustand bleibt aus. Des Weiteren wird es bei Schlaflosigkeit, Akne oder auch für die Diabetes-Prävention eingesetzt. Nachfolgend wird informiert, was das CBD-Öl der Hanfpflanze bewirken und wo es eingesetzt werden kann. Cannabis ist ein Geschenk der Schöpfung, das uns Menschen in vielerlei Lebensbereichen hilfreich sein kann. Vielleicht ist Cannabis unsere Rettung und somit auch die Rettung der Erde. Wir sind optimistisch und dankbar, dass wir mit der Pflanze des Lebens auch überleben werden!

werich.at

INHALTSVERZEICHNIS

EINLEITUNG - HANFGEDICHT

Mein Name ist Hanf, ich bin Mitglied der Cannabisfamilie. In meiner Familie gibt es auch noch welche, die Marihuana heißen. Weil der Mann von unserer Familie Huan hieß und die Frau Marie haben sie manche von uns Marihuana genannt! Es gibt mich beinahe ewig und vor tausenden Jahren haben die Menschen bereits erkannt, dass ich echt ein Tausendsassa bin und jetzt, nachdem man mich für lange Zeit verdrängt und ignoriert hat, bin ich wieder in aller Munde! Zurecht, denn ich werde nicht umsonst die Mutter aller Pflanzen genannt. Jetzt sagen manche, dass ich die Pflanze des Lebens bin und in 2018 hat man mich geehrt und zur Pflanze des Jahres gekürt, wobei ich schon sagen muss, dass „Pflanze des Lebens" besser passt, denn mein Überlebensinstinkt alleine ist Leben pur! Ich gebe unendlich viel, im Grunde kann man mich für beinahe jeden Bereich, den die Menschen glauben zu brauchen, einsetzen! Am beliebtesten ist jedoch mein Können im gesundheitlichen Bereich, damit die Menschen und Tiere eben Besser Leben. BESSER LEBEN MIT HANF, guter Slogan! Diejenigen, die mein Potential erkannt haben, sind begeistert von mir und manche Kulturen verehren mich als heilig! Lange Zeit hat man sich an mir erfreut und ich war einfach Teil des menschlichen Kreislaufes! Bin dort und da einfach gewachsen und damit war ich sogar beim Heu für die Kühe fixer Bestandteil, sodass auch die Kühe durch mich stark und gesund sein konnten. Als die industrielle Zeit so richtig in Vormarsch kam, die sogenannte „zivilisierte" Welt, und damit auch das Finanzsystem immer stärker wurde, ging es denen, die von sich glaubten, Macht und Einfluss zu haben, plötzlich zu sehr um Macht und das liebe Geld. Das war ich ihnen ein Dorn im Auge, denn ich kann so viel, dass man kaum etwas anderes benötigt! So kam es, speziell in den 1920 Jahren dazu, dass Habgier, Korruption und viele Lügen mich von den Feldern vertrieben. Mich, wo ich doch so viel kann und speziell im gesundheitlichen Bereich nur Gutes tue, hat man als gefährlich und böse verboten. Man tat sich leicht, denn einer meiner vielen Bestandteile, den der Mensch THC nennt und berauschend ist, konnte leicht verteufelt werden. Nicht alle ließen sich manipulieren, denn viele Menschen wussten die Wahrheit über mich und glaubten an ein Comeback von mir. Nun, jetzt bin ich wieder da und die Masse der Menschen hinter mir steht, weil man mich auch erforscht hat und es nicht zu leugnen ist, dass ich den Menschen enorm helfen kann und dort wirklich bereichere, wo der Reichtum auch Wert hat! Ich bringe euch Gesundheit und Glück, einen klaren Geist den ihr gerade jetzt in der so schwierigen Zeit wirklich brauchen könnt, beschere ich euch auch. Gerade rechtzeitig, gerade jetzt, wo die Menschen an einem kritischen Punkt angekommen sind, bin ich wieder da, und ich sage euch: Verwendet nicht länger das künstliche Gift der gierigen Menschen, die noch nicht verstanden haben, dass sie in der falschen Richtung suchen! Konsum und Ausbeute sind eben nur ein schlechter Ersatz, denn das was du suchst ist im Inneren. Da ich extrem genügsam bin und sogar euren Boden entgifte, meine Inhaltstoffe euer Endocannabinoid-System speist, das für Ausgleich, Harmonie, und die optimale

Kommunikation zwischen Körper und Geist sowie allen Abläufen sorgt, helfe ich euch aus der Situation herauszukommen und eine bessere Welt, einen gesunden Planeten und gesunde Menschen und Tiere, die alle samt wieder einen guten Bezug zum Leben haben, zu schaffen! Endlich habt Ihr erkannt, dass ich euch sehr ähnlich bin und euch damit helfen kann, dass ihr lebensnaher seid und es bleibt, bevor ihr euch ganz verliert und nichts mehr zu retten ist! Wir gehören zusammen und es ist einfach wunderbar, hier mit Euch, für euch da zu sein. Wir machen so weiter und wir schaffen das! Ich gebe mich für euch hin und auch ich erhalte den entsprechenden Lohn, einen gesunden friedvollen Planeten wo alle Lebewesen in Frieden sich des Paradieses erfreuen! Ich freue mich auf die intensive gemeinsame Zeit mit euch Menschen!

Euer Lebensbegleiter,

wenn nicht Retter

der HANF

www.werich.at

CBD – Das Cannabidiolöl stellt sich vor

Viele Menschen haben bisher noch nie oder nur sehr wenig über CBD gehört. Sobald das Wort "Cannabis" fällt, so scheint es, gehen viele Menschen einfach weiter ohne sich wirklich um den Inhalt eines Artikels oder eines Buches Gedanken zu machen. Zu schlimm und ernsthaft sind oftmals die Berichterstattungen von bekannten Medien und Fernsehsendern. Fairer weise muss man auch erwähnen, dass sich glücklicherweise zurzeit ganz schnell auch eine Meinungsänderung durchsetzt und die positiven, sehr hilfreichen Aspekte von Cannabis, weil nicht mehr zu leugnen, breit machen, und das Bewusstsein für die wunderbare Pflanze steigt und dies auch in den Medien immer mehr richtig dargestellt wird. Dabei wird inzwischen auch auf die wunderbar hilfreiche Unterstützung durch Hanf und vor allem durch CBD eingegangen. Die berauschende Wirkung durch THC war bis zuletzt das Einzige, was man in unserer „modernen“ unbewussten Gesellschaft mit Hanf in Verbindung brachte. Viele Menschen denken, dass Cannabiskonsum zu einer schlimmen Persönlichkeitsveränderung oder direkt zum Tod führt. Dies stimmt allerdings nicht. Oftmals liegt das an der fehlenden Aufklärung zu dem Themengebiet. In Schulen wird das Thema Hanf natürlich auch weitestgehend gemieden. Es werden keine näheren Daten oder Studien zu möglichen Anwendungsgebieten der Hanfpflanze gegeben. Dies trifft leider meistens auch bei Universitäten zu. Es gibt einige Berufe, die medizinischen oder industriellen Hintergrund haben, wobei bei denen genauso zu wenig Aufklärungsarbeit über Hanf betrieben wird. Meist wird das Thema nur oberflächlich behandelt und die Grundaussage bleibt häufig immer gleich: Hanf ist etwas Schlechtes und man darf mit dieser Substanz nicht in Berührung kommen. Dies wird zudem auch bei den überwachenden Instanzen laut. So wird man während einer Verkehrskontrolle nicht selten nur nach dem Führerschein und Fahrzeugpapieren gefragt, sondern auch, ob man Drogen konsumiert hat. Wer einem "freiwilligen" Drogentest macht, der kann zudem nicht selten eine böse Überraschung erleben. Denn es reicht schon aus, wenn man mit der Straßenbahn oder mit dem Bus fährt und etwas berührt, was zuvor ein Konsument angefasst hat. Oftmals schlagen nämlich die Testgeräte der Polizei schon bei besonders geringen Mengen von THC aus. Diese Schattenseite macht es dem Hanf und den daraus produzierten Produkten, welche ein ganz besonderes Potenzial haben, sehr schwer - dazu später mehr. Noch weitere Hürden hat Hanf und das daraus produzierte Öl zu nehmen. So ist zum Beispiel das bisher fehlende oder noch am Anfang stehende Wissen über die Pflanze ein Auslöser für Unsicherheit. Viele Menschen, die den Mehrwert der Pflanze kennen, haben vor einer Einnahme der Produkte Angst, da die Forschung aufgrund der fehlenden Legalisierung der Hanfpflanze mitsamt seinen Produkten, in den Kinderschuhen steckt. Jedoch konnten mittlerweile schon diverse Studien, insbesondere zu Hanföl, gemacht werden. Und so konnte sich auch das Cannabidiol Öl (kurz CBD Öl) in den vergangenen Jahren einen Namen machen. Natürlich gehen bei diesem Segment, wie bei vielen Themen, die Meinungen der Menschen sehr stark auseinander. Auch die Vorurteile sind derzeit leider noch sehr groß. Oftmals liegt das am fehlenden Wissen gegenüber der Hanf-Pflanze und dem daraus produzierten Öl. Viele Menschen setzen auch das Öl sofort mit einer berauschenden und gefährlichen Wirkung gleich. Dies ist aber absolut nicht der Fall. Hochwertige und seriöse Cannabidiol Öle besitzen keine psychoaktive Wirkung. Im Gegenteil, sie können nicht nur viele Krankheiten und auch Beschwerden heilen, sondern verleihen uns auch so etwas wie absolute Nüchternheit! Warum? Weil es den überaktiven immerwährenden „Denker“ beruhigt und damit unser wahres Sein, das Bewusstsein, hervorbringt. Darüber hinaus konnten sie auch als Waffe gegen den Krankenhauskeim MRSA bewähren. Dies liegt vor allem an der besonderen antibakteriellen Eigenschaft des Öls. Des Weiteren wartet das Öl mit einer entzündungshemmenden, angstlösenden, entkrampfenden, sowie antiepileptischen Wirkung auf. Und das Tolle: Es ist legal bei vielen seriösen Anbietern und Apotheken erhältlich.

Was ist CBD und wie entsteht CBD ÖL?

Im Grunde ist das Cannabidiol oder auch CBD genannt ein Bestandteil des Faserhanfs und mit keiner psychoaktiven Wirkung versehen. Das berühmte Tetrahydrocannabinol (THC) ist hingegen in den Drogenhanfsorten enthalten und verursacht die gesellschaftlich so gefürchtete psychoaktive Wirkung. Somit ist CBD auch auf einen komplett legalen Weg zu erwerben. Dennoch kommt es immer häufiger vor, dass viele Menschen aus Unwissenheit Hanf als Marihuana ansehen. Dies stimmt so jedoch nicht. Schließlich gibt es mittlerweile viele verschiedene Sorten, welche eine besondere Züchtung erfahren haben. Aus diesem Grund gibt es auch unterschiedliche spezielle Hanfsorten, mit unterschiedlichen Inhaltsstoffen, die in den folgenden Bereichen Verwendung finden und inzwischen bereits ca. 50.000 Anwendungen und Nutzen unterschiedlichster Art abdecken.

- Papier Produkte
- Textilien
- Plastik
- Nahrung
- Medizin
- Körperpflege
- Nahrungsergänzungen
- Brennstoff
- Tiernahrung
- Baurohstoff
- essentielle Öle

Im industriellen Hanf sind mittlerweile auch fast gar keine THC-Bestandteile zu finden. Natürlich gibt es auch spezielle Sorten, in denen der CBD-Anteil hoch ist. Diese Pflanzen werden vorzugsweise für ein rauschfreies Hanföl verwendet. Gerade Sorten, wie zum Beispiel die speziell gezüchtete Cannabis Sativa kann mit dem höchsten CBD-Anteil aufwarten. Somit wird diese Sorte vorrangig für die Herstellung von CBD-Ölen eingesetzt. Daneben werden auf dem Markt natürlich aber noch andere Sorten für die Gewinnung von CBD-Öl verwendet. Dies sind rund 50

Sorten, welche für einen Hanfanbau von der sogenannten Bundesanstalt von Landwirtschaft und Ernährung entsprechend zugelassen wurden. Bei diesen ausgewählten Pflanzen ist der Gehalt vom THC unter 0,2 Prozent. Dieser Prozentsatz darf in keinem Fall überschritten werden, ansonsten droht die Entziehung der Zulassung. Des Weiteren wird auch der Anbau der Pflanzen strengstens überwacht. So darf nur zertifiziertes und speziell ausgewähltes Saatgut eingesetzt werden. Natürlich bedarf es hierfür auch eine extra Anbau-Genehmigung, die zuvor bei der Behörde eingeholt werden muss. Generell findet die Aussaat von dem Faserhanf in der Regel von April bis Mai statt. Daneben gibt es noch eine vier Wochen später stattfindende zweite Aussaat. Die Ernte begrenzt sich auf einen Zeitraum von Juli bis etwa September/Oktober. Grundsätzlich sind die Samen der Pflanze für das Öl nicht so wichtig. Der Grund: Das Hanföl ist lediglich ein Nebenprodukt. Zudem wird Faserhanf in der Regel für einen industriellen Gebrauch und nicht für eine medizinische Nutzung angebaut. Nichtsdestotrotz können die Samen wahre Wunder für die Medizin bewirken. Für eine medizinische Nutzung werden die Samen zunächst von der Pflanze getrennt und anschließend in entsprechenden Ölmühlen zu Öl verarbeitet. Jedoch darf bei dem Press-Vorgang die Temperatur nur zwischen 40 Grad und 60 Grad betragen. Nur so bleiben schlussendlich auch alle essentiellen Inhaltsstoffe erhalten. Darüber hinaus erfährt das Öl noch eine weitere Behandlung: Es wird mit speziellen, aus der Destillation entsprungenen CBD-Extrakten versehen, um so ein noch besseres und qualitatives Heilmittel zu bekommen.

Die verschiedenen Herstellungsverfahren von CBD

Um pharmazeutische CBD-Kristalle zu produzieren, bedarf es im Allgemeinen einer bestimmten Extraktion. Die jeweiligen Kristalle sollten zunächst generell pharmazeutisch rein sein sowie eine ideale Qualität haben. Auch sollten die mindestens 98 Prozent vom reinen Cannabidiol aufzeigen und keine Zusatz- oder Schadstoffe beinhalten. Pulverförmige Kristalle weisen im Prinzip fast ausschließlich Cannabidiol und teils auch Spuren von sogenannten Terpenen sowie weiteren Cannabinoiden auf. Besonders wertige CBD Kristalle kommen meist aus europäischen und zertifizierten Hanfpflanzen. Sie werden mit einer kritischen CO2 Extraktion produziert. Pure Kristalle sind oftmals fein und ähneln Puderzucker. Zudem weisen sie kein THC auf und sie haben demnach keine psychoaktive Wirkung. Damit CBD schlussendlich auch aus Hanf produziert werden kann, kann man sich verschiedenster Extraktionsverfahren bedienen. Oftmals ist das CBD im Hanf als Carbonsäure oder CBDA zu finden. Dies ist ein spezieller und inaktiver Inhaltsstoff. Das „A“ steht für Acid, und heißt Säure. Der Umwandlungsprozess zum pharmakologischen CBD fällt unter die Begrifflichkeit "Decarboxylierung". Hierbei wird mittels enzymatischer Katalyse bzw. Erhitzen vom CBDA ein entsprechendes Kohlenstoffdioxid-Molekül gezielt abgespalten. Weitere eingesetzte Verfahren sind auch Extraktion mit Erhitzung, ein sogenanntes überkritisches Kohlenstoffdioxid-Verfahren, der Butan-Prozess, die

Hexan-Methode, die Isopropylalkohol-Gewinnung oder aber auch mittels Äthanol.

Das beste Verfahren ist das KALTDAMPFVERFAHREN. Dies ermöglicht am schonendsten die wertvollen Inhaltstoffe sanft und ganz unbeschadet, der Pflanze zu entnehmen. Bei der Erhitzungsmethode wird eine hohe Temperatur gewählt, damit die Decarboxylierung schneller voran geht. In der Regel ist eine Temperatur von bis 210 Grad der fast reinen Substanz schon nach wenigen Sekunden zu finden. Der Umwandlungsprozess ist schnell abgeschlossen. Der schnelle Prozess kann jedoch auch die Terpene der Pflanze schädigen, die bei einem medizinischen Zweck sehr wichtig sind. Die Erhitzung wird generell in zwei Stufen gemacht. Während der ersten Stufe wird sich auf das Pflanzenmaterial konzentriert, das rund 10 bis 20 Minuten bei 100 Grad bis 110 Grad erwärmt wird. So wird die restliche Feuchte der Pflanze verdampft. Bei der zweiten Stufe geschieht dieser Prozess etwa 60 Minuten lang bei 120 Grad. Wird eine industrielle CO2 Extraktion angestrebt, so wird die Pflanze in dem erstmaligen Produktionsschritt auf 100 Grad bis 150 Grad erhitzt, zerkleinert und decarboxyliert. Auf diese Weise wird das CBDA in das CBD entsprechend umgewandelt. Das „A" steht, wie erwähnt, für „Acid" und ist Säure, darum ist ein höher CBDA Anteil in einem CBD ÖL nicht wertvoll und schmeckt auch bitter, damit unangenehm! Anschließend wird kühles und flüssiges Kohlenstoffdioxid durch eine Pumpe auf etwa 50 bis 70 bar klein gemacht und komprimiert. Danach geht es in den Extraktor, wo das Pflanzenmaterial ist. Ein weiterer Produktionsschritt ist die Extraktion der Inhaltsstoffe durch einen Separator. Dabei wird die Trennung durch Temperatur und Druck erzielt.

Dieses besondere Verfahren ist gegenüber einer bloßen Erhitzung sehr schonend. Und die anschließenden Produkte können dank der bestehenden und optimal vorhandenen Terpene medizinisch verwendet werden. Zudem ist Kohlendioxid auch nicht sehr kostenintensiv, natürlich umweltschonend und es hinterlässt keinerlei Rückstände. Schließlich wird es nach der Erhitzung wieder gasförmig. Besonders führende Unternehmen nutzen dieses CO2 Extraktionsverfahren, um hochwertiges CBD zu erhalten. Aber auch eine Extraktion mit Butan ist möglich. Hier kommt die sogenannte und organische Verbindung Namens Butan oder auch C4H10 zum Einsatz. Butan ist grundsätzlich sehr schnell entzündlich. Bei der Arbeit damit sollte man also Vorsicht walten lassen. In der Industrie wird diese Methode in geschlossenen Regelkreisen genutzt, damit keinerlei Butan austreten kann. Viele Experten mögen Butan, da es als perfektes Lösungsmittel gilt, kostengünstig ist und einen niedrigen Siedepunkt von gerade einmal -1°C besitzt. Es kann sich somit optimal und schnell von dem entstehenden Endprodukt lösen.

Jedoch gehört Butan zu den Erdölprodukten. Es ist demnach nicht besonders nachhaltig. Zudem besteht bei einem unsachgemäßen Gebrauch Explosionsgefahr. Des Weiteren darf auch kein verunreinigtes Butan verwendet werden, da hier schlimmere Folgen möglich sind. Das sogenannte Kaltdampfverfahren, das Extraktionsverfahren durch Kaltdampf ist mit Sicherheit das Schonendste und Beste zur Gewinnung eines hochwertigen Vollspektrumöles! CBD-Royal - das wir hier in diesem

Buch mehrmals empfehlen wird – wird mit diesem Verfahren gewonnen und besitzt dadurch das so wichtige Vollspektrum in bester Qualität und Zusammensetzung und das zu einem wirklich passenden Preis!

Die Inhaltsstoffe des Wunder-Öls

Das CBD Öl hat EXTREM viele und wichtige Inhaltsstoffe. Von bis zu 480 Inhaltsstoffen ist die Rede. Darüber hinaus besitzt es essenzielle Inhaltsstoffe, die der Mensch einerseits dringend braucht, aber andererseits nicht selbst produzieren kann. Insbesondere die enthaltenen hochwertigen Proteine, Vitamine, Ballaststoffe, Mineralstoffe, mehrfach ungesättigte Fettsäuren sowie die Cannabinoide und Flavonoide machen das CBD Öl so einzigartig und wertvoll. Des Weiteren können bisweilen lediglich rund 80 von den 480 Wirkstoffe des Öls auch im Cannabis nachgewiesen werden. Diese Stoffe sind die sogenannten Cannabinoide. Diese haben eine besonders positive Wirkung auf das Nervensystem bzw. das Gehirn eines Menschen. Gerade das Cannabinoid namens CBC (Cannabidiol) besitzt eine entzündungshemmende, sowie eine schmerzlindernde Wirkung. Weiterhin unterstützt es auch die Zellerneuerung des Menschen. Das funktioniert auch bei Tieren. Es gibt unzählige Erfahrungsberichte, wie Tiere genauso schmerzfrei, entspannt und von epileptischen Anfällen befreit werden oder zumindest Linderung finden! Bei dem zweithäufigen Cannabinoid CBD, THC ist das Erste, wird darüber hinaus eine Schmerzlinderung bei chronischen Beschwerden verzeichnet. Oftmals findet es Einsatz bei Migräne, Krämpfen, Entzündungen oder Arthritis. Aber auch bei allgemeinen Schmerzen oder Epilepsie kann es wahre Wunder wirken. Interessant ist auch, dass es sich in verschiedenen Studien einen Namen bei der Behandlung von diversen Krebsarten machen konnte. Es konnte festgestellt werden, dass es bösartige Tumorzellen abtötet und so zu einer erfolgreichen Behandlung beiträgt. Leider ist dieses Segment noch weitestgehend in den Kinderschuhen und wird derzeit tiefgründig erforscht. Ein weiteres interessantes Cannabinoid ist CBDA. Dieses Cannabinoid kommt vermehrt im CBD Öl vor und besitzt eine antiemetische Wirkung. Aus diesem Grund ist es perfekt geeignet, um Übelkeit und Erbrechen zu bekämpfen. Aber auch als Heilungsbestandteil bei Krebsarten, insbesondere bei Brustkrebs, wird es erforscht. Eine antibakterielle Wirkung ist weiterhin bei dem Inhaltsstoff CBG des CBD-Öls zu finden. Dies ermöglicht ein breites Einsatzspektrum. Ähnlich sieht das auch bei dem Cannabinoid CBN an. Dieses hat allerdings eine geringe psychoaktive Wirkung. Dieser Umstand wird genutzt, um Menschen mit massiven Angstzuständen zu helfen. Des Weiteren kann es auch einen sehr belastenden Augeninnendruck senken. Es ist also zu erkennen, dass im Hanf mehr drinsteckt, als man vielleicht denken mag, und dass es in den meisten Fällen wichtig ist, eine Kombination des Vollspektrums zu sich zu nehmen, denn schließlich ist der Mensch und auch das Tier, absolutes Vollspektrum, und die Abläufe im körperlich-geistigen System sind so ganzheitlich, dass es eben auch die volle Ganzheit der Pflanze des Lebens braucht, um auch das ganze System zu unterstützen und zu nähren. Dies gibt genügend Grund zum Anlass für weitere Forschungen. Nicht nur Cannabidiol hat das Öl zu bieten. Auch Omega-3-und Omega-6-Fettsäuren sind im Cannabidiol Öl zu finden. Diese wichtigen Fettsäuren sind in dem Pflanzenöl im Verhältnis 1:3 vertreten und wirken sich optimal auf die Gesundheit des menschlichen Körpers aus. Darüber hinaus tragen sie einen wesentlichen Teil zur Zellerneuerung und zur Zell-Regeneration bei. Natürlich profitiert auch der Zellmembranen-Aufbau von einer ausreichenden Aufnahme dieser besonderen Fettsäuren. Und die entzündungshemmende, sowie Blutdruck-regulierende Wirkung wird besonders für Schmerzpatienten und Betroffene verschiedener Krankheitsbilder sehr nützlich sein. Aber das ist noch längst nicht alles. Das Cannabidiol Öl kann noch mit vielen weiteren Inhaltsstoffen überzeugen. So besitzt es zum Beispiel die äußerst seltene Gamma-Linolen-Säure, welches sich auch entzündungshemmend auswirkt. Darüber hinaus ist dieser Inhaltsstoff für Personen mit Schuppenflechte oder Neurodermitis perfekt geeignet. Aus diesem Grund wird die Säure auch generell bei einer Vielzahl an Hautproblemen verwendet. Aber auch vitaminreich ist das CBD Öl. Besonders das Vitamin E ist in dem Öl in einer großen Menge enthalten. Neben einem Anti-Aging-Effekt beugt das Vitamin E darüber hinaus auch Herzanfällen, Schlaganfällen, diversen Krebsarten sowie auch Alzheimer vor. Der Grund hierfür ist, dass Vitamin E als ein sogenanntes Antioxidans gilt und den Schutz von

Körperzellen zur Aufgabe hat. Des Weiteren besitzt das Öl aber auch reichlich Vitamin B1. Dieses Vitamin ist als Stimmungsaufheller bekannt und findet des Öfteren bei der Therapie von Depressionen Anwendung. Ein weiteres Vitamin ist das sogenannte Riboflavin, das zu den B2-Vitaminen gehört und natürlich in den Zellen des menschlichen Körpers zu finden ist. Aber bei den Vitaminen ist noch längst nicht Schluss. Auch Mineralstoffe und Spurenelemente sind im CBD Öl zu finden. Diese spielen eine wichtige Rolle für eine ideale Funktion des menschlichen Körpers allgemein. Insbesondere Kalium, Natrium, Eisen, Kupfer, Magnesium, Mangan, Phosphor und Zink sind im CBD Öl enthalten. Auch Eisen ist im Öl enthalten, das maßgeblich für den Transport von Sauerstoff im Blut verantwortlich und somit essenziell ist. Natürlich ist auch Kalium sehr wichtig, da es zum Beispiel den Wasserhaushalt im Körper reguliert und die Nerven mit entsprechenden Impulsen versorgt. Kalzium allerdings ist wichtig für die Stärkung von Zähnen, Knorpeln und Knochen. Des Weiteren kann es vom menschlichen Körper nicht selbst produziert werden. Es muss also über die Nahrung ergänzt werden. Das Spurenelement Kupfer hat auch eine zentrale Aufgabe. Es ist unter anderem für die Stärkung des Immunsystems oder die Bildung von Blutkörperchen bedeutend. Darüber hinaus muss es, wie Kalzium, täglich über die Nahrung aufgenommen werden, da der menschliche Körper dieses Spurenelement nicht selbst herstellen kann. Natürlich ist auch Mangan ein Spurenelement, das eine große Bedeutung hat. Es ist unter anderem für ein gestärktes Bindegewebe verantwortlich. Ein weiterer Helfer für das Immunsystem ist der Mineralstoff Magnesium. Darüber hinaus ist Magnesium aber auch noch für den Blutkreislauf und für die Funktion vieler weiterer wesentlicher Organe wichtig. Auch der Elektrolythaushalt und die optimale Gesundheit von Nerven und Muskeln wird durch einen ausgewogenen Magnesium-Haushalt erzielt. Natrium hingegen ist bedeutend für eine ideale Regulierung und Weitergabe der menschlichen Nervenimpulse. Auch für die ideale Muskel-Kontraktionen ist dieser Inhaltsstoff sehr wichtig. Ein perfektes Zusammenspiel geht zudem Phosphor ein. Denn es hilft Kalzium ideal dabei, Kochen als auch Zähne zu stärken und unterstützt weiterhin den menschlichen Zellaufbau. Für viele wichtige Stoffwechselfunktionen ist Zink im menschlichen Körper verantwortlich. Damit nicht genug. Es sorgt zudem auch dafür, dass die Funktion der mehr als 300 Enzyme perfekt abläuft. Auch für eine optimale Haut-Regeneration hat sich Zink einen Namen gemacht. Ein weiterer spannender Bestandteil von CBD Öl ist Chlorophyll. Dieser Stoff sorgt für die wunderschöne Smaragd Farbe des Öls und ist darüber hinaus für eine ideale Zellatmung zuständig. Und gerade eine ideale funktionierende Zellatmung ist für den menschlichen Körper bedeutend, da diese die Zellen optimal entgiften und reinigen. Zudem werden die Zellen perfekt mit Sauerstoff versorgt und zeitgleich eine Stärkung des Immunsystems vorgenommen. Für den goldgelben Schimmer hochwertiger Öle sorgen darüber hinaus die sogenannten Carotinoide im CBD Öl. Diese Carotinoide schützen vor einer frühzeitigen Alterung und stärken die

Zellenmembrane. Darüber hinaus unterstützen sie das Immunsystem und wirken sich positiv auf das Herz-Kreislauf-System aus. Besonders spannend ist, dass sie eine Arterienverengung vorbeugen und auch einen positiven Einfluss auf den Cholesterinspiegel nehmen. Das Cannabidiol Öl ist dank dieser weitgefächerten und wichtigen Inhaltsstoffe also etwas ganz Besonderes. Somit ist es auch nicht verwunderlich, dass es seinen Mehrwert bei vielen Krankheiten und Beschwerden bereits zeigen konnte, und das ist erst der Anfang der Hilfe der genialen Cannabispflanze.

Die Funktionsweise von CBD

Generell gelangt der Wirkstoff von CBD bei innerlicher Anwendung zunächst einmal in das menschliche Gehirn. Von dort beeinflussen sie die körpereigenen sogenannten Rezeptoren. Dies sind insbesondere der 5-HT1A-Rezeptor, CB1-Rezeptor und auch der Vanilloidrezeptor. Die Rezeptoren haben die Aufgabe dafür zu sorgen, dass ein physisches und psychisches Gleichgewicht vorliegt. Des Weiteren kümmern sie sich um einen optimalen Botenstoff-Austausch im Körper. Dies ist im Grunde ein komplexer Mikromechanismus, welcher ständig im menschlichen Hirn abläuft. Darüber hinaus leisten die Botenstoffe einen wesentlichen Beitrag für einen gelungenen Ablauf unseres Alltags bei. So entstehen bestimmte biochemische Prozesse wie zum Beispiel Freude, Angst, Schmerzempfinden, Unruhe und auch Liebe. Diese besonderen Prozesse lassen sich beeinflussen. So ist der Konsum von Alkohol die wohl einfachste Veränderungsform. Dabei wirkt Alkohol natürlich auf die Rezeptoren. Es kann eine Verstärkung von Emotionen oder eine Schmerzlinderung eintreten. Die Rezeptoren können jedoch auch im Allgemeinen für ein gesteigertes Ausschütten von entsprechend körpereigenen Wirkstoffen stehen und diese stimulieren. Dabei möchte ich darauf hinweisen, dass Alkohol eine gefährliche zerstörerische Droge ist. Alkohol erzeugt unvorstellbares Leid in Familien, Tragödien werden durch zu hohen Konsum ausgelöst, dennoch ist Alkohol in unserer Gesellschaft frei in jeder Menge zugängig und Cannabis wurde, natürlich nicht nur wegen der berauschenden Wirkung, verboten. Der Wirkstoff THC, wenn er auch psychoaktiv wirkt, erzeugt keinesfalls Aggression. Im Gegenteil, es macht friedvoll und reduziert das Streben nach Erfüllung der Sehnsüchte im Äußeren, was sowieso ein Irrweg ist. CBD wirkt ähnlich wie Pharmaprodukte, wie zum Beispiel Schmerztabletten bei denen der Wirkstoff über die Blutlaufbahn schlussendlich im Gehirn landet und dort entsprechend das Schmerzempfinden beeinflusst und eindämmt. CBD wirkt jedoch ohne unser System zu vergiften, zu belasten. CBD konnte mittlerweile optimal bei Magen-Darm-Krankheiten, Depressionen, Schlafstörungen, Angststörungen, Krebs, Migräne oder auch Epilepsie verwendet werden. Noch haben zum Teil die Ärztevereinigungen sowie die Pharmaindustrie Schwierigkeiten CBD als Heilmittel zu sehen und dieses wirklich anzuerkennen. Es stellt sich die Frage, ob der eigene finanzielle Gewinn eher im Vordergrund steht als der Mehrwert in der Medizin, bzw. das Empfinden der Menschen, die Gesundheit, das Menschsein. Dies ist natürlich mehr als nur bedauerlich. Dabei kann CBD auf das Nervensystem optimal wirken. Der Körper besteht nämlich generell aus vielen Zellen, insbesondere Nervenzellen. Und diese Nervenzellen bilden ein Gerüst, das sogenannte Nervensystem, das den Menschen steuert. Die Nervenzellen bestimmen also wesentlich die Sinne, Motorik und natürlich auch die Gefühle eines Menschen. Darüber hinaus sind sie auch für das Immunsystem wichtig und stellen einen Teil des sogenannten Endocannabinoid-Systems dar. Dieser besondere Part kann mit pflanzlichen als auch chemischen Substanzen, wie zum Beispiel Alkohol oder Tabletten beeinflusst werden. Somit wirkt an dieser Stelle natürlich auch CBD optimal. Schließlich sind Rezeptoren im Grunde nichts anderes als Sender und Empfänger und Informationsvermittler der Botenstoffe. Vereinfacht ausgedrückt, ist das menschliche Nervensystem ähnlich wie eine längere Straße, durch welche ein Briefträger umherfährt und seine Briefe verteilt. Diese Briefe sind allerdings in diesem Zusammenhang spezielle Informationen, die vom Nervensystem stammen. Es können so natürlich auch positive wie schlechte Botenstoffe vermittelt werden und einen Einfluss auf das tägliche Leben des Menschen nehmen.

Die verschiedenen Rezeptoren

Grundsätzlich gibt es fünf unterschiedliche Rezeptoren. Diese sind für das menschliche Nervensystem sehr bedeutend, da sie lebenswichtige Informationen beinhalten. So gibt es zum Beispiel den sogenannten CB1-Rezeptor oder auch als Cannabinoid Rezeptor gezeichnet wird. Dieser besondere Rezeptor transportiert Informationen, um für ein psychisches Gleichgewicht, für das Wohlbefinden eines Menschen im Gesamten zu sorgen. Generell ist zu sagen, dass der CB1-Rezeptor durch CBD beeinflusst werden kann und beeinflusst wird, sodass negative Informationsübertragung eingedämmt wird. Dies sollte sich natürlich maßgeblich auf das Wohlbefinden auswirken und kann optimal bei psychischen

Krankheiten Verwendung finden. Im Gegensatz dazu kümmert sich der CB2-Rezeptor eher um den neurologischen Bereich eines Menschen. Dies ist besonders bei Erkrankungen wie Alzheimer – eine Form von Demenz – wichtig. Des Weiteren kann der CB2-Rezeptor auch durch CBD beeinflusst und stimuliert werden. Weiterhin gibt es noch Vanilloid-Rezeptoren mit unterschiedlichen Typen, dem Typ1 und Typ2. Diese sind im Grunde für das Schmerzempfinden eines Menschen verantwortlich. Sie warnen vor Verletzungen und potenziellen Gefahren. Außerdem weisen sie darüber hinaus auch auf verschiedene Krankheiten hin. CBD wie auch Tabletten wirken auf Vanilloid-Rezeptoren. Besonders CBD kann mit einer besonders hemmenden und blockenden Wirkung an dieser Stelle aufwarten, um Schmerzen zu lindern. Des Weiteren kann CBD bei dem Typ2 Rezeptor auch den Kampf gegen Krebs und bösartige Tumorzellen ansagen. Dies ist natürlich besonders für Betroffene eine sehr wichtige Information. Ein weiterer spannender Rezeptor ist der 5-HT1A-Rezeptor. Dieser wird zu den Serotonin-Rezeptoren gezählt und er ist im Gehirn und Rückenmark zu finden. Seine Aufgabe ist die Regulierung der Körpertemperatur oder die Unterstützung beim Lernen. Dieser hat auch noch viele weitere Aufgaben im Gepäck. Sehr interessant an dem 5-HT1A-Rezeptor ist, dass er mit CBD optimal psychische Krankheiten eindämmen oder im Einzelnen sogar völlig heilen kann. Zu diesen Themen gibt es bereits viele Studien, die Rückschlüsse hierauf zulassen.

Anwendungsmöglichkeiten von CBD ÖL

Das CBD Öl hat eine Vielzahl an unterschiedlichen Anwendungsmöglichkeiten zu bieten. Besonders die vielfältigen Eigenschaften vom Cannabidiol Öl machen es zu einem perfekten „Heiler“ von verschiedensten Krankheiten. Diese Eigenschaften wurden durch verschiedenste Studien und durch persönliche Erfahrungsberichte belegt werden. Nachfolgend werden einige Anwendungsgebiete vorgestellt, bei denen das Öl mit seiner entzündungshemmenden, schmerzlindernden, antibakteriellen oder auch antiseptischen Wirkung ideale Ergebnisse zeigen konnte.

Mit dem CBD Öl endlich rauchfrei

Viele Menschen hadern jahrelang mit ihrem inneren Schweinehund. Nur noch eine Zigarette auf einer Party, nach dem Essen oder nach einem anstrengenden Arbeitstag. Auch zu Neujahr werden viele gute Vorsätze gemacht, die leider später aus den verschiedensten Gründen nicht mehr eingehalten werden können. Insbesondere der Wunsch, endlich rauchfrei durch das Leben zu gehen und das ausgegebene Geld für wichtige Dinge ausgeben zu können, ist für viele ein Ziel. Schließlich kann eine Reise mit den Liebsten unternommen oder sich einfach mal ein langersehntes und zugleich kostspieliges Hobby erfüllt werden. Jedenfalls bleibt Geld das vorher verraucht wurde! Für all diejenigen, die endlich rauchfrei werden möchten, gibt es nun eine sehr gute Nachricht. Eine Studie konnte belegen, dass das besondere Öl das Verlangen nach einer Zigarette nachhaltig reduzieren kann. Langjährige Raucher bekommen also bei ihrem Kampf gegen die Sucht einen perfekten und neuen Helfer an ihre Seite. Während der Studie wurde darauf fokussiert, dass 12 Raucher das CBD inhalieren,

sobald sie einen innerlichen Drang nach deinem Glimmstängel verspürten. Weitere 12 Raucher allerdings bekamen hingegen nur Placebos. Die Personen, die die Placebos erhielten verspürten keine wesentliche Veränderung in ihrem Rauchverlangen als vorher. Bei der CBD Gruppe konnten hingegen tolle Ergebnisse erzielt werden. Die Personen verspürten insgesamt um einiges weniger Lust auf eine Zigarette. Auch die Menge der gerauchten Zigaretten konnte stark minimiert werden und ging rund 40 Prozent zurück. Frage dich mal warum du rauchst? Ist es nicht ein kompensieren, ein wegschauen, ein sich nicht mit sich selbst konfrontieren wollen? Da uns unser Vollspektrum nicht nur hilft, bestimmte Symptome zu behandeln, sondern unser gesamtes System im physischen wie im psychischen ausgleicht, reguliert etc. ist es zu verstehen, dass sich überhaupt der Bezug zum Leben und seinen Lebensthemen im positiven, einfach lebensnah verändert, damit mehr Lebensqualität letztlich vorhanden ist.

Helfer bei Schlaflosigkeit

Viele Menschen liegen nachts oft stundenlang wach, wälzen sich im Bett und können bis tief in die Nacht keinen erholsamen Schlaf finden. Hierfür gibt es unterschiedliche Gründe. Oftmals liegt es am Stress des Tages, privaten Problemen oder an verschiedenen Krankheitsbildern. Immer häufiger ist es der überaktive Denker, der der behauptet du zu sein, macht sich unentwegt Gedanken. Unser Verstand schafft Probleme und haftet daran fest. Nichtsdestotrotz hat der Mangel an Schlaf natürlich für die Betroffenen erhebliche Nachteile. Sie fühlen sich am nächsten Tag schlapp, unkonzentriert und müde. Darüber hinaus können sie auch nicht die Leistung erbringen, die sie leisten möchten oder müssen. Natürlich stellt die Übermüdung auch ein großes Unfallrisiko dar. Besonders im Hinblick auf den so gefürchteten Sekundenschlaf während einer Autofahrt, ist ein nicht unerhebliches Risiko gegeben. Aber damit nicht genug. Viele Menschen fangen aus Verzweiflung an zu anderen Mitteln, wie Aufputschsubstanzen, Kaffee oder Energyprodukten zu greifen. Sie tun demzufolge ihrem Körper noch zusätzlich viel Schlechtes, viel Belastendes an. Letztlich schaden diese Gifte nicht nur unseren Körper, sondern auch dem Geist. Es blockiert uns in der WAHRnehmung, dämpft den Bezug zum wahren Leben, zum SEIN. Die späteren Folgen sind an dieser Stelle oftmals gar nicht abschätzbar. Besonders wenn die Einnahme der Mittel über einen längeren Zeitraum erfolgen sollte. Um diesen Teufelskreis aber wirklich Einhalt gebieten zu können, bietet sich das CBD Öl sehr gut an. Hochwertiges CBD Öl ist nämlich frei von Nebenwirkungen und verhilft Betroffenen dabei, endlich wieder wach, fit und ausgeruht in den Tag zu starten. Das Tolle an dem Öl ist auch, dass es auf rein pflanzlichen sowie natürlichen Inhaltsstoffen beruht und so keinen schlechten Beigeschmack nach der Anwendung hinterlässt. Im Gegenteil, man kann, bei einem guten Produkt, förmlich gleich – ein paar Minuten nach der Einnahme – die positive Wirkung spüren!

Optimal gegen Akne

Es ist ein Irrglaube, dass nur Teenager mit Pickeln und Hautunreinheiten zu kämpfen haben. Natürlich, die Veränderung hin vom Kind sein zum Erwachsenensein bringt die Auseinandersetzung, den Bezug zum Lebensumfeld, für die Jugendlichen eben etwas durcheinander bzw. verlangt eine neue Ausrichtung die sich im KONTAKTORGAN Haut zeigt. Die Haut schafft Bezug zum Umfeld ... Ist der Bezug unsicher, wird die Haut auch nicht KLAR sein können! Nun gut, so bindend darf man das natürlich auch nicht sehen. Auch Erwachsene haben nicht selten mit Akne und dessen Begleiterscheinungen zu kämpfen und nicht bei jedem ist es der Bezug zum Umfeld ... etc. In den vergangenen Jahren haben sich die Umwelteinflüsse, Krankheitsbilder und andere Eigenschaften stark verändert. Es ist also nicht verwunderlich, dass sich Akne unter diesen Bedingungen ungezügelt ausbreitet und entstehen kann. Diese optischen Erscheinungen hinterlassen bei vielen Betroffenen natürlich auch einen seelischen Schmerz bzw. irritieren einfach. Das Selbstbewusstsein sinkt, verschiedene Produkte die helfen sollen, können vielleicht nicht so ohne Weiteres genutzt werden. An dieser Stelle gibt es aber einen geeigneten Helfer gegen Akne. Denn Cannabidiol Öl kann aufgrund seiner entzündungshemmenden sowie antibakteriellen Wirkung optimal gegen Akne helfen. Der Fettgehalt der Haut wird gemindert und Pickel, Mitesser und Akne werden dauerhaft bekämpft.

CBD Öl gegen Angst, Stress und Nervosität

Viele Menschen leiden heutzutage zunehmend an Stress, Angst und Überlastung. Sei es durch den Job, finanzielle oder private Probleme, oder aufgrund verschiedener Krankheitsbilder. Stress ist längst kein unbekanntes Wort mehr und das auch schon bei Kindern. Sehr bedenklich! In den vergangenen Jahren häufen sich die Fälle von Burnout-Patienten und Betroffenen, die sich über die Jahre hinweg einfach bis an ihre Grenzen gebracht haben. Aber nicht nur Burnout ist mittlerweile ein weit verbreitetes Problem. Auch Angst- und Panikerkrankungen, Depressionen oder Zwangsstörungen gehören zu den häufig auftretenden psychischen Erkrankungen unserer heutigen Zeit. Natürlich ist der Ursprung meist im persönlichen Einzelfall zu finden und kann nicht nur allein durch den hektischen und zum Teil verrückten Tagesablauf unserer heutigen Zeit erklärt werden. Nichtsdestotrotz tut der Druck der ständigen Erreichbarkeit, das angestrebte und perfekte Bild nach Außen sowie diverse Status-Symbole-Vergleiche und die Anforderungen der Gesellschaft ihr Übriges. Viele Betroffene werden mit hochwirksamen Psychopharmaka behandelt, bei denen die Nebenwirkungen und Langzeitfolgen sehr ungewiss sind. Es gibt kaum natürliche und wirklich hilfreiche Heilmittel, die für eine Behandlung von Angst, Stress oder Nervosität eingesetzt werden können. Aus diesem Grund sind die Patienten gezwungen, zu künstlich hergestellten Produkten zu greifen und das Beste zu hoffen. Für all diejenigen, die keine medikamentöse Behandlung in Erwägung ziehen, sieht das ganze allerdings schon etwas anders aus. Sie bleiben oftmals mit ihren Symptomen und Krankheitsbildern allein und fühlen sich allen weiteren Konsequenzen vollkommen hilflos ausgesetzt. Aber damit ist nun Gott sei Dank Schluss. Denn auch CBD Öl kann ergänzend oder im Bedarfsfall allein optimal gegen Angst, Spannungs- oder Stressgefühle eingesetzt werden. Aufgrund der entspannenden und beruhigenden Wirkung des Öls werden Anspannungen und Stress optimal gelöst und man kommt, besonders bei einer regelmäßigen Anwendung, viel leichter zu einem gelassenen Zustand. Gerade Personen mit einer Angst- und Panikerkrankung spendet dieser Aspekt sehr große Hoffnungen. Schließlich befinden sich die Betroffenen während einer Panikattacke in einem völligen Ausnahmezustand. Es entstehen nicht selten Herzrasen, Atemnot, Zittern, Schwitzen oder Schwindelgefühle. Die dabei auftretenden und angstauslösenden Gedanken um einen potenziell bevorstehenden Tod machen die ganze Situation nur noch schlimmer. Obwohl die Symptome nur vom vegetativen Nervensystem hervorgerufen werden und nicht schädlich sind, fühlen sich Betroffene dennoch hilflos und erschüttert. Viele Entspannungs- und Behandlungstechniken eines Spezialisten können an dieser Stelle natürlich sehr gut helfen. Nichtsdestotrotz kann das Öl, gerade in dem beschrieben Ausnahmezustand, optimal ergänzend eingesetzt werden. Die Panikattacken können somit reduziert und in ihrer

Dauer gemindert werden. Zwar dauert eine Panikattacke in der Regel etwa 30 Minuten, allerdings ist dieser Zeitrahmen für die Betroffenen an sich schon wie eine ewig andauernde Qual. Eine Reduzierung und frühzeitige Möglichkeit zur Entspannung durch das Cannabidiol Öl stellt also eine wirklich perfekte Alternative dar. Ein gutes Vollspektrumöl nährt das gesamte endocannabinoide System, das System, das für Ausgleich und Harmonisierung sorgt und damit ist es möglich, dass es bei derartigen Problemen sehr hilfreich wirken kann.

CBD Öl und Diabetes

Schon als Volkskrankheit gilt Diabetes mellitus. Die umgangssprachlich auch als Zuckerkrankheit betitelte Erkrankung stellt im Grunde eine schwerwiegende chronische Stoffwechselerkrankung dar. Dabei wird zwischen zwei wichtigen verschiedenen Formen unterschieden. Es gibt zum einen den Typ-1- und zum anderen auch den Typ-2-Diabetes. Die erste Variante tritt oft schon im Kindes- und Jugendalter auf. Dabei wird ein kompletter Mangel von dem körpereigenen Hormon, dem sogenannten Insulin, verzeichnet. Als Ursache gilt hier häufig eine Fehlreaktion des eigenen Immunsystems und der Insulin-produzierende Zellen der Bauchspeicheldrüse. Daraus resultiert ein nicht zu unterschätzender Anstieg des Blutzuckerspiegels und die Betroffenen müssen sich nun Insulin durch Spritzen selbst zuführen. Oftmals äußert sich die Erkrankung schon mit scheinbar harmlosen Symptomen. Hierunter fallen vor allem ein ständig verspürter Durst oder ein häufig starker Harndrang. Darüber hinaus können auch Beschwerden, wie zum Beispiel trockene Haut, Müdigkeit oder oft auftretende Infekte auf Diabetes hindeuten. Hervorgerufen wird die Krankheit, wie so viele andere Krankheitsbilder in der heutigen Zeit leider auch, aufgrund der ungesunden Ernährung.

Leider fehlt hier auch immer noch das Bewusstsein! Die fehlende Zeit für ein gesundes Kochen und Essen in Ruhe führen zu Übergewicht und weiteren bekannten Symptomen. Der Mangel an Bewegung steigert darüber hinaus auch das Risiko, um am gefährlichen Typ-2-Diabetes zu erkranken. All diese Faktoren führen zu einem ungesunden Anstieg von Glukose im Blut und der Teufelskreis der Symptomatik und potenziell nachfolgenden Organschäden beginnt. Mittels eines Bluttests auf Glukose kann herausgefunden werden, ob eine Diabetes mellitus vorliegt und behandelt werden muss. Es kann aber natürlich auch schon viel vorbeugend getan werden, um erst gar nicht an der gefährlichen Erkrankung zu erkranken. Zum Beispiel kann eine ausgewogene Ernährung, regelmäßige Bewegung oder/und auch die Verwendung von CBD Öl helfen, dieser Erkrankung vorzubeugen. Meist spielten einige Faktoren zusammen. Hierauf haben schon diverse Studien hingedeutet. Es wurde an nicht übergewichtigen Mäusen mit einer Zugabe von CBD festgestellt, dass sie über einen längeren Zeitraum hinweg nicht an Diabetes erkrankten. Und das obwohl dieses Übergewicht und schlechtere Essgewohnheiten besaßen. Dahingegen erkrankten die Tiere, die kein CBD erhielten, recht schnell an Diabetes. Ernährung ist einfach ein Hauptthema. Wenn wir uns bewusst machen was wir essen, nämlich häufig Fleisch aus Tierhaltung die leidschaffend und unwürdig ist, mit den Tieren als Konsumware umgegangen wird und wir dann diese Energie in Form von Fleisch zu uns nehmen, dann muss man wohl krank werden. Dasselbe gilt auch für Milchprodukte, die nicht nur ohne nährenden Inhalt und sogar unverträglich sind. Wenn diese ebenso noch dazu aus Leidtierhaltung kommen, dann fügen wir mit dem Konsum dieser Produkte den Tieren selbst Leid zu.

Also, esse was dich nährt und dir guttut, denn es heißt nicht umsonst „Du bist was du isst!“.

Multiple Sklerose mit CBD Öl lindern

Bei der Multiple Sklerose handelt es sich um eine chronisch-entzündliche Krankheit. Diese betrifft hauptsächlich das zentrale Nervensystem des Körpers. Auf Erden sind etwa 2,5 Millionen Menschen bereits an MS erkrankt. Etwa 200.000 Personen davon allein in Deutschland. Oftmals sind rund 70 Prozent der Patienten Frauen. Auf die deutsche Gesamtbevölkerung gesehen ist das Erkrankungsrisiko bei etwa 0,1 bis 0,2 Prozent. Die Betroffenen erkranken in der Regel zwischen dem 20. und 40. Lebensjahr. Bis heute ist die Ursache der Erkrankung noch ungeklärt. Allerdings wird von einer sogenannten Auto-Immunreaktion ausgegangen, da das körpereigene Immunsystem fälschlicherweise sich selbst und den Körper mit all seinen Strukturen angreift. Betroffen ist oftmals die Hüllschicht der Nervenfasern. Aber auch Erbanlagen und Umweltfaktoren spielen bei dieser Erkrankung eine zentrale Rolle. So besteht zum Beispiel ein erhöhtes MS-Risiko bei einem ausgeprägten Vitamin D-Mangel im Kindesalter, bei speziellen Viren oder durch Rauchen. Der Verlauf der Krankheit ist generell sehr unterschiedlich. Oftmals beginnt sie mit Schüben, geht in beschwerdefreie Phasen über und anschließend beginnt dann ein sekundär fortschreitender Verlauf. Etwa 10 bis 15 Prozent der Betroffenen kennen allerdings von Beginn an schon einen fortschreitenden und akuten Verlauf der Krankheit. Leider lässt sich die Krankheit bislang noch nicht heilen jedoch schon gut behandeln. Dabei konzentrieren sich die Ärzte darauf, zum Beispiel die Schübe zu verhindern oder das Fortschreiten der Erkrankung einzudämmen. Auch bei diesem Krankheitsbild konnte CBD Öl bereits einige positive Erkenntnisse liefern. So wurden hier ebenfalls Studien an Mäusen durchgeführt, die für eine enorme Verbesserung des Gesundheitszustands sprachen. Die Tiere erhielten im Laufe der Studie etwa 10 Tage lang CBD. Dabei wurde festgestellt, dass sich die Bewegungsfähigkeit als auch der Allgemeinzustand der Mäuse enorm verbesserten. Dies zeigt das ungeheure Potenzial des Öls. Weitere Forschungen und Studien zu dem Thema werden bereits unternommen.

CBD Öl bei Fibromyalgie

Bei der Fibromyalgie handelt es sich um eine chronische Schmerzerkrankung. Dabei liegen der Bezeichnung des Krankheitsbildes drei Bestandteile zugrunde. Nämlich „Fibro-“ (das lateinische Wort Fibra für Faser), dem griechischen Wort „My-“ oder „Myo-“, das so viel wie Muskel bedeutet und „algie“, welches auch griechisch ist und Schmerz bedeutet. Erste Aufzeichnungen der Krankheit wurden erstmalig 1904, 1977 und 1990 in den USA gemacht. Bei dieser besonderen chronischen Schmerzkrankheit haben die Betroffenen Symptome und Schmerzen an den Gelenken und dem Bewegungsapparat. Es treten generell Schmerzen in sämtlichen Körperbereichen auf. Diese nehmen bei entsprechender Belastung, neurologischen Störungen oder einer generellen Schwäche zu. Darüberhinaus können aber auch Schlafstörungen, Konzentrationsstörungen, Funktionsstörungen, eine angegriffene körperliche und geistige Leistungskapazität als auch chronische Erschöpfung die Krankheit beeinflussen. Besonders bei emotionalen oder körperlichen Belastungen benötigen die Betroffenen natürlich entsprechend längere Erholungsphasen. Das Aushalten und der Umgang mit den Schmerzen spielen für die Fibromyalgie-Patienten eine zentrale Rolle. Um diese Symptome optimal lindern zu können, können Patienten neben der medikamentösen und ärztlichen Therapie nun auch zu CBD Öl greifen. Das Öl lindert die Beschwerden der Patienten deutlich und kann besonders Personen, die keine ausreichende Behandlung erfahren, extreme Verbesserungen bringen.

CBD Öl bei chronisch entzündlichen Darmerkrankungen

Auch chronisch entzündliche Darmerkrankungen, wie zum Beispiel Morbus Crohn oder auch Colitis Ulcerosa, können vom Mehrwert des Öls profitieren. Ähnlich wie MS oder Rheuma verläuft auch Morbus Crohn in Schüben und beschwerdefreien Zeiten. Während der Schubzeiten haben die Betroffenen oftmals einen sehr hohen Entzündungswert im Blut. Der Körper greift vom Magen-Darmtrakt ausgehend fälschlicherweise sich selbst an und zerstört das gesunde Gewebe des empfindlichen Bereichs. Häufige Durchfälle, Schmerzen oder Blutungen, dadurch auch Blut im Stuhl sind die Folge. Aber auch Gewichtsverlust, Müdigkeit, Vitaminmangel oder häufige Infekte treten bei diesem Krankheitsbild auf. Neben einer ausgewogenen Ernährung müssen die Patienten auch auf einen gesunden und aktiven Lebensstil achten, um den Darm bestmöglich zu unterstützen. Dies ist allerdings in der heutigen und hektischen Zeit nicht wirklich einfach. Denn nicht selten haben die Betroffenen auch entsprechende Nahrungsunverträglichkeiten oder Allergien, die diese Krankheit begleiten. Umso wichtiger ist es, eine pflanzliche und natürliche Heilungsmethode zu finden, die den Darm effektiv unterstützen kann. An dieser Stelle kann CBD Öl natürlich optimal verwendet werden. Aufgrund der natürlichen Inhaltsstoffe, die zugleich lindernd und entzündungshemmend wirken, können Betroffene die Schübe wesentlich schmerzfreier überstehen. Viele Erfahrungsberichte zu dem Thema von Patienten gibt es mittlerweile schon im Netz.

Allergien und CBD Öl

Es gibt unterschiedliche Gründe und Ursprünge für Allergien. Sei es als Begleiterscheinung bei einer anderen Erkrankung oder eine Entwicklung aufgrund verschiedener Umweltfaktoren. In beiden Fällen kann Cannabidiol Öl die Betroffenen optimal unterstützen. Aufgrund der entzündungshemmenden und Immunsystem-anregenden Wirkung des Öls ist es perfekt geeignet, um verschiedene Allergien zu behandeln. Die körpereigenen Abwehrkräfte werden ideal gestärkt und können nun eigenständig gegen eine
Allergie agieren. Dies reduziert die Allergieschübe der Patienten erheblich. Oftmals können die Schübe sogar komplett ausbleiben. Wenn das Selbstregulationssystem, unser endocannabinoides System, durch die Zufuhr eines guten Vollspektrum CBD Öles genährt wird, kann und wird sich in den meisten Fällen ganz viel zum Positiven verändern.

Weitere Anwendungsgebiete von CBD Öl

Die genannten vielschichtigen Anwendungsgebiete sind in jedem Fall sehr beeindruckend. Nichtsdestotrotz sind das längst nicht alle, bei denen das Cannabidiol Öl helfen kann. Für eine Heilung oder Linderung kann das Öl auch bei den folgenden Beschwerden und Krankheitsbildern, die inzwischen auch durch tausende Studien belegt sind, eingesetzt werden:

- Arthrose
- Demenz/Alzheimer
- Epilepsie
- BSE
- Krebs
- Hepatitis
- Rheuma
- Sepsis
- Schlaf
- Übergewicht
- Neuroprotektion
- Entwicklung allgemein
- Schmerzen
- Stimmung
- Stoffwechsel
- Verdauung
- Reproduktion
- Übelkeit/Brechreiz
- Nervenkrankheiten

CBD Öl Studien

Aufgrund der vielen Inhaltsstoffe, die das CBD Öl besitzt, interessieren sich natürlich auch Forscher für das flüssige Gold. Unzählige Studien über Hanf gibt es bereits. Dabei spielen vor allem die Inhaltsstoffe und deren Einfluss auf die verschiedensten Krankheitsbilder eine zentrale Rolle. Jedoch reicht das bisher erlangte Wissen noch nicht vollkommen aus, dass das CBD Öl auch abschließend als offiziell zugelassenes Heilmittel fungiert. An dieser Stelle ist die Mithilfe der entsprechenden Forscher gefragt. Diese müssen es irgendwie schaffen, dass sich das Öl auch gegen die

großen Pharmaindustrien durchsetzt. Hierfür sind natürlich auch noch viele weitere und aufschlussreiche Studien erforderlich. Ein weiterer wichtiger Faktor ist auch, dass die Forschungsarbeit an sich auch noch ziemlich kostenintensiv und zeitintensiv ist. Das ist leider ein wesentliches Kriterium, weshalb bei dieser wie auch bei anderen nützlichen Pflanzen keine weitere Forschungsarbeit betrieben wird. Das vorliegende Budget ist nun mal an vielerlei Stelle einfach zu knapp. Somit kann man am Beispiel der Stevia-Pflanze sehr gut ausmachen, wie die Zuckerindustrie bereits den Kampf bestritt und dabei riesige Mengen an finanziellen Mitteln benötigte. Bei Hanf ist dies genauso. Allerdings ist ein gravierender Unterschied dabei: Die Pflanze besitzt zu viele nützliche Eigenschaften, die so manchem großen Unternehmen vielleicht ein Dorn im Auge ist. Dennoch geben eifrige Forscher nicht auf und versuchen alle Hebel in Bewegung zu setzen und weitere Studien durchzuführen. Diese sind wichtig, damit die Einzigartigkeit und der Mehrwert der Pflanze endlich hinreichend begründet wird. In wie weit sich die Politik hierbei einmischen wird, bleibt noch abzuwarten. Schließlich ist das Allgemeinbild der Pflanze nach außen hin noch sehr umstritten, was sich zweifelsohne zurzeit enorm ändert, da die Wunderpflanze Cannabis doch schon sosehr erforscht und erprobt ist. Es einfach nicht mehr wegzudiskutieren ist, dass die Zeit reif ist, für die Pflanze des Lebens ist! Sie hilft uns nicht nur gegen unsere körperlichen Leiden, sondern unterstützt auch dabei, eine gesunde Welt und einen gesunden Geist wiederherzustellen. Wir brauchen die Pflanze, jetzt ist sie wieder da und wir haben heute die Möglichkeiten den unvorstellbaren Segen der Pflanze bewusst zu nutzen!

CBD-Studien zu Alzheimer

Auch Alzheimer ist eine generell häufige Erkrankung. Es handelt sich um eine Form von Demenz, um eine sogenannte hirnorganische Krankheit. Sie wurde erstmalig im Jahr 1906 auf einer wissenschaftlichen Grundlage beschrieben und nach dem deutschen Neurologen Alois Alzheimer benannt. Ein besonderes Merkmal der Erkrankung ist, dass sie hauptsächlich im Alter auftritt. Nur sehr selten sind die Patienten, die an Alzheimer erkranken, unter 60 Jahre. Im Laufe der Erkrankung wird ein allmähliches Fortschreiten vom Abbau körpereigener Nervenzellen sowie Nervenzellkontakten beobachtet.

Darüber hinaus treten im Gehirn Eiweißablagerungen oder auch Amyloid-Plaques auf. Im Laufe der Zeit leiden die Betroffenen zunehmend unter Orientierungs- und Gedächtnisstörungen, Urteils- und Denkvermögensstörungen, einer Persönlichkeitsveränderung als auch Sprachstörungen. Allerdings kommt es immer auf den Einzelfall an, welche Beschwerden und Symptomatiken hervortreten und voranschreiten. Nichtsdestotrotz werden die Erscheinungen im Laufe der Krankheit intensiver. Aus diesem Grund ist es für die Betroffenen kaum möglich, ein normales und geregeltes, eigenständiges Leben zu führen. Die betroffenen Personen sind fortan an eine entsprechende Unterstützung und Hilfe der Familie bzw. von ausgebildetem Fachpersonal angewiesen. Um die Auswirkungen der Krankheit etwas eindämmen zu können, haben Forscher Studien mit Cannabinoid durchgeführt. Da Cannabinoide eine neuroprotektive Wirkung besitzen, konnte im Zuge einer Studie herausgefunden werden, dass Hanf bei Alzheimer helfen kann. Dies kann für die zukünftige Behandlung der Erkrankung maßgebliche Fortschritte aufzeigen. Darüber hinaus konnte eine Studie der Universität in Jerusalem belegen, dass Hanf die Gedächtnis-Degeneration eindämmt. Als Grundlage fungierte hier Cannabis, dass keine psychedelische Wirkung aufzeigt. Dies verdeutlicht noch einmal, wie wertvoll die Studien und bisherigen Erkenntnisse von Cannabis in Bezug auf Alzheimer und vielen weiteren Krankheiten sind.

Erfahrungsberichte zeigen auch hier eine enorme Hilfe, was auch für die Angehörigen zu einer massiven Erleichterung führt!

CBD-Studien zu verschiedenen Krebserkrankungen

Leider ist auch Krebs eine der häufigsten Erkrankungen weltweit. Dabei tritt er oft in verschiedenen Bereichen des Körpers auf und bleibt zudem bei vielen Menschen lange unerkannt. Eine wirklich nachhaltige Behandlung und vollständige Heilung von Krebs sind bislang schwierig. Um aber den betroffenen Menschen eine weitere wirklich sinnvolle pflanzliche Behandlungsmethode zu gewährleisten, wurden Studien von CBD zu Krebserkrankungen gemacht. Hierbei wurde geprüft, wie die Wirkung von CBD auf die unterschiedlichen Krebsarten reagiert. In den Jahren 2001 und 2011 konnten Studien belegen, dass CBD gegen verschiedenste Tumore sehr wirkungsvoll ist. Auf Grundlage dieser Studien wurden die Forschungen auf Lungenkrebs ausgeweitet. Da diese Krebsart oftmals besonders aggressiv und resistent gegen eine Chemotherapie verläuft, war das Ergebnis der Studie besonders spannend. Und auch bei dieser Krebsart konnte CBD optimal eingesetzt werden. Ähnlich sieht das auch bei Brustkrebs aus. Besonders Frauen erkranken häufig an dieser Krebsart und können nun zuversichtlicher in die Zukunft schauen. Es ist also zu hoffen, dass CBD bald als offiziell zugelassenes Heilmittel zugelassen wird und so seinen Mehrwert in die Welt tragen kann. Wobei zu sagen ist, dass bei manchen Krankheitssymptomen bereits schon offiziell CBD in der Schulmedizin eingesetzt wird und zum Teil sogar schon von der Sozialversicherung bezahlt wird. Also, es geht in die richtige Richtung, denn wir wollen doch alle gesund und glücklich sein, und wenn es etwas gibt, dass natürlich, ohne Nebenwirkung ist, und hilft, dann muss man es auch einsetzten.

CBD-Studie zum Dravet-Syndrom

Bei dem Dravet Syndrom oder auch kurz DS, handelt es sich um eine besonders ernste und seltene Epilepsieform. Die Krankheit wurde erstmalig im Jahre 1978 von der französischen Ärztin namens Dr. Charlotte Dravet entdeckt und beschrieben. Es wird davon ausgegangen, dass etwa eine von 22.000 Personen an der Krankheit erkrankt. Üblicherweise tritt die Erkrankung bei einem gesunden Kind in seinem ersten Lebensjahr auf. Sie macht sich augenscheinlich plötzlich in Form von Anfällen bemerkbar, welche zunächst nur auf eine Körperhälfte beziehen. Im Anschluss können allerdings die Anfälle auch auf die andere Hälfte übergehen und wechseln. Die Anfall-Dauer variiert sehr, ist aber in der Regel länger als 20 Minuten und oftmals lediglich mit Medikamenten aufzuhalten. Gerade bei Kleinkindern ist eine Unterbrechung der Anfälle sehr schwer. Dies führt in der Regel dazu, dass die Kinder eine sofortige ärztliche Behandlung benötigen. Es entstehen zudem oftmals fokale als auch tonisch-klonischen Anfälle, sowie auch Absencen oder Myoklonien. Die Anfall-Häufigkeit nimmt in der Regel im Erwachsenenalter stetig ab. Allerdings bleibt eine Prognose in Bezug auf eine geistige Entwicklung sehr ungewiss. Diese ist oftmals eher ungünstig. Umso wichtiger ist es, dass den Betroffenen und Angehörigen dieses Krankheitsbildes geholfen wird. Als eine mögliche Behandlungsform wird auch CBD genannt. Es gibt mittlerweile schon Studien, bei denen die Wirkungsweise in Bezug auf das Dravet-Syndrom bestätigt wurde. Die auftretenden Anfälle werden bei den Betroffenen immens reduziert und sie treten insgesamt um einiges seltener auf.

CBD-Studien zu Depressionen

Viele Menschen verbinden mit dem Wort „Depressionen“ oftmals nur einen periodischen Zustand, in dem man niedergeschlagen und kraftlos ist. Allerdings handelt es sich bei Depressionen um eine ernstzunehmende psychische Erkrankung, die jeden Menschen treffen kann. Depression ist auch eine Form der Energielosigkeit, abgeschnitten sein vom Leben, Mangel an Lebensenergie. Keine körperliche Krankheit kann so schlimm sein wie eine Psychische, denn wenn die Psyche mit einem physischen Symptom entsprechend umgehen kann, dann ist es irgendwie „meisterbar“. Angenommen, ich erfahre, dass ich nur mehr 2 Wochen zu leben habe ..., das kann schlimm sein und wird sich für jeden Typ Mensch anders darstellen. Wenn der Geist gesund ist, dann wird man irgendwie eine Möglichkeit finden damit umzugehen. Wenn ich jedoch psychisch krank bin, dann fällt es mir nicht nur schwer mit Situationen des Lebens klar zu kommen, nein, es ist mir vielleicht überhaupt nicht mehr möglich, damit umzugehen. Weil dennoch der Drang nach Gesundheit und Normalität vorhanden ist und es jedoch psychisch einfach nicht handelbar ist, wird sich ein Druck aufbauen, der die Depression soweit noch verstärkt, dass der Betroffene mit aktivem Gehirn immer handlungsunfähiger wird und natürlich dies eine enorm schlimme bewusste geistige Ohnmacht hervorruft, die sich Depression nennt. Egal welchen beruflichen oder gesellschaftlichen Stand man hat – Depressionen können jeden treffen und sie verlaufen meist in hartnäckigen und chronischen Phasen. Es gibt eine Vielzahl von Ursachen, die diese Krankheit hervorrufen können. In vielen Fällen ist Stress, ein schwerwiegendes Schicksal oder berufliche sowie private Probleme, eine Ursache davon. Depressionen bedürfen in jedem Fall einer Behandlung. Betroffene als auch Angehörige sollten unbedingt das Gespräch mit einem Spezialisten suchen und die wirklichen Ursachen hinter der Erkrankung herausfinden. Als eine ergänzende Therapie kann zudem auch CBD eingesetzt werden. Dies haben schon diverse Studien festgestellt. Da CBD nicht beruhigend wirkt, sondern auch eine bessere Stressbewältigung und Verarbeitung fördern, hilft das medizinische Cannabis optimal auch Langzeitpatienten bei Depressionen als auch anderen psychischen Erkrankungen. Diese Aussage unterstützt auch der führende Experte für medizinisches Hanf namens Samir Haj-Dahmane. Er ist überzeugt davon, das das medizinische Cannabis zukünftig einen erheblichen Beitrag bei der Behandlung von Depressionen leisten kann. Studien belegen seit Jahrzehnten, dass CBD und auch andere Cannabinoide, also eine gesunde Kombination eines Vollspektrums, nicht nur eine antidepressive Wirkung haben, sondern sogar eine stark antipsychotische. Im

Grunde merkt jeder, der ein gutes CBD Öl bzw. ein Vollspektrum Öl, wie CBD-Royal.at es ist, dass sich mehr Gelassenheit einstellt. Man kann auch sagen, dass der Verstand, trotz dessen, dass er die Lebenssituation als Ganzes vielleicht so klar wie niemals zuvor erkennt, nicht mehr an den Lebensthemen anhaftet, sich verbeißt. Damit entsteht so etwas wie mehr Bewusstsein, das einen leichter und offener den Lebensumstand begegnen lässt. Das Leben braucht Leichtigkeit, nur so hat es auch Qualität.

Dosierung und Einnahme von CBD

Je nach Krankheits- und Beschwerdetyp unterscheiden sich die Dosierungen von CBD Öl sehr. Gerade bei Krebspatienten wird eine optimale Dosierung empfohlen, die zudem einen gewissen THC Gehalt besitzt. An dieser Stelle ist allerdings zu sagen, dass Hanföl mit dem empfohlenen Verhältnis von CBD und THC mit 1:1 nicht erworben werden darf. Aus diesem Grund stellen viele Patienten das Gemisch selbst her. Dies ist im Allgemeinen nicht verboten. Das entstehende Öl wird dann auch als „Tränen des Phönix" bezeichnet. Es kann die Chemotherapie der Betroffenen optimal unterstützen. Darüber hinaus bekämpft es in diesem Zusammenhang auch die oft auftretende Übelkeit. Parallel dazu wurde wissenschaftlich belegt, dass es das Wachstum der Krebszellen hemmt.

Orientierung für die CBD-Dosierung

Es gibt eine Reihe von Faktoren, die bei der Suche nach der perfekten Dosierung von CBD für Sie berücksichtigt werden müssen. Einige der Faktoren, die eine wichtige Rolle in Ihrer Erfahrung mit CBD spielen, sind:

- Ihr Gesundheitszustand oder Ihr Problem
- wie intensiv Ihr Problem ist
- Stoffwechsel
- wie Sie auf CBD reagieren
- Körpergewicht
- Empfindlichkeit gegenüber Cannabis
- Ihre persönliche Körperchemie (einschließlich aller anderen Medikamente, die Sie einnehmen)

Wichtig ist auch zu wissen, dass sich der Markt, die Angebote am Markt, noch nicht wirklich auf einheitliche Angaben abgestimmt haben! So ist es meinst der Fall, dass man zum Beispiel den prozentuellen Inhalt von CBD in einer kleinen Flasche wie folgt angibt: Z. B. handelt es sich um ein Fläschchen mit 10 ml Inhalt und davon sind 1000mg CBD, also 1 Gramm, dann wird angegeben, dass es sich um ein 10%-iges CBD handelt. Dabei ist darauf zu achten, dass meist in solchen Fällen von den erwähnten 1000mg mehr als 80% CBDA sind. Da „A" für Acid steht und dies Säure ist, wurde die CBDA-Säure nicht decarboxyliert, also nicht in CBD umgewandelt und dadurch ist sehr wenig des CBD vorhanden. Die Säure erkennt man auch dadurch, dass das Öl sehr dunkel bis schwarz ist und auch sehr bitter und für die meisten unangenehm schmeckt! Dies ist qualitativ nicht gut!

Wir haben uns die Mühe gemacht und bezüglich der Einnahme viel recherchiert. Dabei sind wir auf Richtwerte gestoßen die wir wie folgt weitergeben wollen. Hier sind die Angaben in mg gehalten, dies muss man sich dann selbst, je nach dem Produkt das man hat, errechnen!

BEI DEM VON UNS EMPFOHLENEN PRODUKT

CBD-Royal erhalten sie auch die DOSIERORIENTIERUNG in Tropfen! Zu erwerben über CBD-Royal.at

BITTE BEDENKEN SIE, DASS DIE DOSIERUNG SO INDIVIDUELL WIE DAS LEBEN IST – WIE DER JEWEILIGE MENSCH SELBST INDIVIDUELL IST.

Nehmen sie was sie für sich als richtig empfinden, steigern sie die Dosierung bis Sie selbst spüren, dass es für Sie mit weniger besser ist. So finden Sie die richtige Menge für sich und nebenbei werden Sie selbst sensitiver, und fühlen in Zukunft mehr was gut und weniger gut für sie ist. Auch dies ist eine Frage des Bewusstseins, das Sie dadurch stärken!

Micro-Dosis

0,5 mg bis 20 mg CBD pro Dosis pro Tag (CBD/Dosis/Tag). Eine Mikrodosis könnte für Schlaf, Kopfschmerzen,
Stimmungsstörungen, Übelkeit, PTSD, Stress und Stoffwechselstörungen und tägliches Nahrungsergänzungsmittel empfohlen werden. Für die Mikrodosierung empfehlen wir unser CBD-Royal.at. Sie können 10 Tropfen 1-mal pro Tag nehmen, was Ihnen 5 mg CBD (1 Tropfen des Öls

enthält 0,5 mg CBD/€ 0,033) gibt. Natürlich können Sie die Dosierung jederzeit an Ihre Toleranz anpassen.

Standard-Dosis

10 mg bis 100 mg CBD/Dosis/Tag. Die Standard-Dosis könnte bei Schmerzen, Entzündungen, Autoimmunerkrankungen, Borreliose, Angst, Depression, Fibromyalgie, Multiple Sklerose, Autismus, IBS, Arthritis und Gewichtsverlust empfohlen werden.

Für die Standarddosierung empfehlen wir

CBD-Royal.at, 24 Tropfen 3-mal pro Tag = 36,00 mg CBD

Makro (oder therapeutische) Dosis

Die Makro Dosis liegt im hohen Bereich zwischen 50 mg bis 800 mg CBD/Dosis/Tag. Diese könnte bei Krebs, Epilepsie, Anfälle, Lebererkrankungen und schwere lebensbedrohliche Zustände unterstützend wirken. Dabei wird der Patient mit Sicherheit in Begleitung von Ärzten sein. In diesen Dosen soll die Verabreichung bewusst von Ärzten kontrolliert und gesteuert werden, und vielleicht sogar von der Sozialversicherung bezahlt werden.

Nebenwirkungen und Wechselwirkung mit Medikamenten

Grundsätzlich hat hochwertiges CBD Öl lediglich sehr wenig Nebenwirkungen. Und falls dennoch eine Nebenwirkung auftreten sollte, so ist diese in der Regel sehr leicht. Natürlich reagiert aber jede Person anders auf das Öl, da jeder Mensch ein ganz eigenes Individuum ist. Somit sollte man während der Einnahme auf seinen Körper achten. Es wurden aber schon generell viele Studien über CBD Öl und Nebenwirkungen gemacht. In diesen wurden auch bei hohen Dosierungen keine wirklichen Nebenwirkungen festgestellt. Äußerst selten und auch nur bei sehr hohen Dosierungen allerdings wurden manche Patienten schläfrig. Auch Appetitlosigkeit oder Durchfall kann eine Nebenwirkung laut Studien sein. Allerdings ist hierbei auch nicht ausgeschlossen, dass diese Nebenwirkungen andere Ursachen haben. Dies konnte in den Studien nicht genau ausgemacht werden. Selbstverständlich sollten allerdings Schwangere von einer Einnahme des CBD Öls absehen. Auch in geringen Mengen ist eine Einnahme hier nicht zu empfehlen. Darüber hinaus sollten Personen, die Diazepam oder Omeprazol einnehmen, zunächst ihren Arzt fragen ob sie das Öl einnehmen dürfen oder nicht. Leider gibt es bislang noch keine Langzeitstudien zu CBD. Somit sind abschließende Aussagen derzeit noch schwierig. Jedoch ist es sicher, dass das CBD Öl keinen negativen Effekt auf den menschlichen Körper hat oder toxisch wirkt. Wie weit das mit Studien belegt ist, können wir nicht sagen, jedoch soll bekannt sein, dass CBD die gewollte Wirkung der meisten Medikamente eher verstärkt und die Nebenwirkungen mindert.

Kaufberatung CBD Öl: Worauf sollte man achten?

Wer sich für CBD Öl interessiert und dieses gerne kaufen möchte, der sollte grundsätzlich auf einige Aspekte achten. Schließlich gibt es auf dem Markt auch hier einige Qualitätsunterschiede. Zum Beispiel gibt es mittlerweile CBD Öl, das in einer 5, 10 oder auch 10 prozentigen Dosierung erhältlich ist.

Grundsätzlich ist darauf zu achten, dass das Öl hell ist. Vollspektrum wirkt eben mehr auf das menschliche volle Spektrum, wobei isoliertes reines CBD, eher nur auf bestimmten Bereichen seine Wirkung zeigt. Darüber hinaus sollte man aber auch auf den Händler achten, bei dem man das Öl erwirbt. Hier ist, wenn man sich nicht sicher ist, gerade ein Analysezertifikat, das auch als "Certificate of Analyses" bezeichnet wird, interessant. Sobald kein CBD Öl Zertifikat vorliegt und man sich nicht sicher ist, sollte man sich am besten dafür entscheiden, dass Cannabidiol Öl woanders zu kaufen. Generell werden die besten Öle weltweit in Skandinavien produziert, wobei inzwischen auch andere Länder aufholen. Darüber hinaus ist es wesentlich auf das verwendete Trägeröl vom CBD Öl zu achten. Es scheint logisch, dass als Trägeröl Hanföl verwendet wird. Dieser Aspekt ist natürlich grundsätzlich denkbar, da die hochwertigen Inhaltsstoffe vom Hanföl auch sehr wertvoll sind. Schließlich gibt das Öl auch ein ideales Verhältnis von Omega-3- und Omega-6-Fettsäuren ab und wird dadurch sehr kostbar. Das Öl sollte zudem am besten dunkel und kühl gelagert werden. Eine Verpackung im Blauglas scheint sinnvoll zu sein, um die kostbaren Essenzen vor Lichteinflüssen zu schützen. Dies ist bei

CBD-Royal der Fall. Auf diese Weise wird die Haltbarkeit verlängert. Allerdings sollte man das Öl in keinem Fall im Kühlschrank lagern. Das könnte eine Veränderung der Konsistenz bewirken. Ein weiterer wichtiger Punkt ist auch, dass das Öl am besten von Kindern ferngehalten werden soll. Ein höher liegender und abschließbarer Schrank wäre demnach optimal. Des Weiteren sollte man schon vor dem Kauf des Öls prüfen, ob das CBD Öl einer hochwertigen Qualitätskontrolle unterzogen wurde. Dies ist besonders wichtig, wenn man das Öl für die Behandlung von Beschwerden und Krankheiten einsetzen möchte. Hier sollte man immer zu einem hochwertigen Produkt greifen. Nur so kann man sich sicher sein, dass auch keine schädlichen Stoffe enthalten sind. Produkte von Produzenten, die über keine hochwertigen Produktionsmethoden verfügen und keine Möglichkeit der Kontrolle in guten Laboren haben, sollte man doch eher ausschließen. Weiterhin sollte man sich auch vor dem Kauf auf der Website des Anbieters sehr genau umschauen. Wenn die Chemischen Möglichkeiten nicht vorhanden sind, dies trifft bei kleineren Produzenten zu, kann es vorkommen, dass jede Charge unterschiedlich ausfällt, sodass einem bei Wiederkauf womöglich nicht die gleiche Qualität garantiert werden kann. Nur mit einer umfangreichen und seriösen Qualitätskontrolle kann man sicher wissen, dass das Produkt hält, was es verspricht. Absolute Reinheit und perfekte Qualität ist also Pflicht. Dies kann natürlich nur in guten Laboren garantiert werden und wenn die Hersteller nichts zu verbergen haben, werden sie gern ihre Kunden aufklären, wo und wie ihre

Produkte hergestellt wurden. CBD-Royal wird mit Hanf aus der Steiermark in Österreich gewonnen. Aufgrund des besonderen Herstellungsverfahrens, Kaltdampf unter Vakuum, wird das hochwertige Vollspektrum schonend gewonnen und in einem idealen Verhältnis dem besten Trägeröl das es gibt, das sogenannte MCT-Öl, das die gleiche Struktur wie das CBD-Öl aufweist, beigemengt. MCT (Medium Chain Triglyceride), ist ein Auszug aus hochwertigem Kokosöl, das der beste Transporteur ist, gewonnen. MCT weist nebenbei noch eine hohe antivirale und antiseptische Wirkung auf und hat neben Omega 3, 6, und 9 Fettsäuren noch viel mehr zu bieten. MCT Öl erfreut sich zunehmender Beliebtheit. Bekannt geworden ist es vor allem als unterstützendes Lebensmittel zur Reduzierung von Körpergewicht und Körperfett! Das MCT-Öl kann noch viel mehr, worauf wir hier nicht eingehen werden. Die Kombination CBD und MCT im CBD-Royal wird noch dazu in den besten Laboren der Welt mit Sitz in Genf, Schweiz, geprüft und getestet, sodass sichergestellt werden kann, dass es sich um ein hochwertiges, sehr reines und effektives Produkt handelt. Aufgrund der fairen Kalkulation der Firma ist es noch dazu sehr günstig. Wir haben kein besseres Preisleitungsverhältnis gefunden!

Die Menge des CBD im Öl

Ein weiterer wichtiger Punkt beim Kauf von CBD Öl ist auch der Gehalt des CBD an sich. Dies ist insbesondere dann wichtig, wenn man das Produkt für eine Behandlung von entsprechenden Krankheiten oder Beschwerden einsetzen möchte. Siehe hier die oben angeführte Dosierorientierung! Es ist also empfehlenswert darauf zu achten, dass der Gehalt des CBD hoch genug ausfällt. Denn wenn es zu wenig sein sollte, so würde das Öl schlicht und ergreifend nicht den Zweck erfüllen den es soll. An dieser Stelle ist zu sagen, dass es auch Hersteller gibt, die entweder gar keine Mengenangabe am Produkt ausweisen, oder wenn es kein Vollspektrum ist, oftmals ist nur CBD und davon mehr als 80% CBDA in einem nicht brauchbaren Trägeröl verpackt! Als Trägeröl wird oftmals sogar Sonnenblumenöl oder Rapsöl verwendet, dass keinesfalls seine Wirkung als Transporteur zum Ziel erfüllen kann. Da „A“ die nicht umgewandelte Säure ist, schmeckt das Produkt bitter und wird nicht den erwünschten Wert bringen. Wichtig ist, dass die Säure decarboxyliert, also in CBD umgewandelt ist und als Trägeröl zumindest ein gutes Kokosöl verwendet wurde. MCT aus Palmöl oder anderen tropischen Ölen, außer Kokos, ist auch nicht empfehlenswert, da die Umwelt dadurch Schaden nimmt. MCT aus Kokosöl ist das beste Trägeröl. Wenn auch Hanfsamenöl viele hervorragende Inhaltsstoffe aufweist und sogar als einzige Pflanze Vitamin D beinhaltet, so haben Studien gezeigt, dass es nicht das ideale Trägeröl ist. Also Hanfsamenöl eventuell zusätzlich als Nahrungsergänzung einnehmen, kann sehr gut sein. Falls man sich bei einem Produkt nicht ganz sicher ist, so sollte man sich nicht davor scheuen, den Hersteller zu kontaktieren. Am besten stellt man alle Fragen, die einen auf der Seele brennen. Ein seriöser

Hersteller wird auf diese Fragen eingehen und gern weiterhelfen.

Der YouTube Kanal „BESSER LEBEN MIT HANF“ hat auch einige ausgewählte Videos für mehr Informationen zur Verfügung und auch Erfahrungsberichte von begeisterten Anwendern sind hier zu finden. Auf Facebook gibt es eine geschlossene Gruppe mit gleichem Namen, der man nach Anfrage beitreten kann!

Woher kommt das Öl?

Gerade in Sachen Qualität sollte man beim CBD Öl in keinem Fall Kompromisse eingehen. Am besten setzt man bei dem Öl auf ein helles CBD Produkt, das Vollspektrum aufweist. Auf diese Weise kann man sicher gehen, dass das Öl auch wirklich eine solide Qualität besitzt. Außerdem gibt es bei diesen Produkten auch keine chemischen Zusätze oder Pestizide im Öl. Dies ist gerade für Allergiker besonders wichtig. Diese hochwertigen Öle können somit bedenkenlos eingenommen werden. Die hellen CBD Öle sind meist sehr gut und ohne THC. Im Vollspektrum ist eine so minimale Menge THC vorhanden, dass es nicht einmal nachweisbar ist. Wem also ein Produkt ohne THC wichtig ist, der kann auf diese Produkte ohne Weiteres zurückgreifen. Diese Öle haben damit auch keine berauschende Wirkung. Und man wird demzufolge auch keine Abhängigkeit oder Ähnliches erfahren. Im Gegenteil, CBD lässt sich akut spontan einsetzen und über lange Zeit bedenkenlos verwenden, ohne dass man dadurch in ein Abhängigkeitsverhältnis gerät.

Die Extraktion des Öls

Wichtig beim Kauf ist auch, dass man sicher geht, wie das Öl extrahiert wurde. Denn es gibt verschiedene Möglichkeiten, um das Cannabidiol aus einer Hanfpflanze zu gewinnen. Es gibt Öle, die mit organischem Ethanol oder generell aus Ethanol produziert wurden. Eine Extraktion mit Hexan, Propan, Butan, oder anderen Kohlenwasserstoffen ist problematisch. Denn hier kann es sein, dass das Öl nicht ordentlich gereinigt wurde. Rückstände von Chemikalien im Öl sind die Folge. Am gängigsten ist das CO2 verfahren, das gut und für den Produzenten günstig ist und auch keine Rückstände hinterlässt. CBD-Royal ist mit dem besten Verfahren, den sogenannten Kaltdampfverfahren unter Vakuum, das ist auch die effektivste und schonendste Art die kostbaren Inhaltstoffe zu gewinnen, erzeugt.

Der Preis macht oftmals den Unterschied

Grundsätzlich sind hochwertige CBD Öle nicht günstig, sagt man. Wenn man jedoch wirklich sich damit beschäftigt und sucht, so wird man fündig werden und ein gutes Öl zu einem fairen eben auch günstigen Preis kaufen können. Für die eigene Gesundheit gibt man letztlich gerne aus was einem möglich ist, dennoch ist es nicht notwendig Teures zu kaufen das oftmals nicht einmal besser wie Günstiges ist oder sogar in Wahrheit oft weniger wirkungsvoll, da das Vollspektrum, wenn überhaupt, eben nicht wirklich optimal kombiniert ist, oder auch zu wenig der wirklich wichtigen Inhaltsstoffe vorhanden sind. Man sollte nicht auf ein billiges und möglicherweise schädliches Produkt setzen, nur um zu sparen. Bedenken soll man auch, dass oft sogar schlechte Öle zu hohen Preisen angeboten werden. Es gibt einfach alles. Zu bedenken ist auch, dass die Herstellung und der Anbau des Öls entsprechend wichtig sind. Bei Unsicherheiten kann man aber gut und gerne auf einen Vergleich der Öle im Netz setzen. Hier kann man nicht nur auf einem Blick sehen, welches Produkt sich lohnen würde. Auch welche Anbieter lohnenswert sind und wie sich ein Öl in der Praxis wirklich verhält, kann man mit einem Klick erkennen. Es ist also durchaus möglich, hochwertige CBD Öle neben einem Fachgeschäft in der Nähe auch im Internet zu erwerben. In jedem Fall sollte man als Ausgangspunkt die Beschwerden und die vorliegenden Krankheiten sehen und danach ein hochwertiges Öl auswählen. Nur so kann man wirklich das Produkt erhalten, was man benötigt. Dennoch ist zu bedenken, dass verschiedene Anbieter den Profit in den Vordergrundstellen und oftmals extrem überhöhte Preise verlangen um den Hype des CBDs zu nutzen. Andererseits gibt es auch gute Öle zu einem wirklich besonders guten Preis, wie das CBD-Royal.at, wo es sich im Vergleich wie bei Wein verhält. Oftmals bekommt man einen ausgezeichneten wunderbaren hochwertigen Wein um 5,00 bis 6,00 EUR, der einen anderen Wein, der vielleicht schon bekannter ist, eher überlegen ist, wobei der bekanntere vielleicht dann sogar 20,00 EUR oder mehr kostet!

DIE UMGANGSSPRACHE EINFACH ERKLÄRT

Viele Menschen kennen den Unterschied der einzelnen Begrifflichkeiten über Hanf nicht. Es wird einfach alles in einem Topf geworfen, ohne sich erst gar nicht wirklich mit dem Mehrwert der Pflanze beschäftigt. Zu groß ist die Angst vor dem Verbotenen und den ganzen schlimmen Schicksalsschlägen, wovon die Medien nur allzu gerne berichten. Da das Bewusstsein immer noch nicht besonders hoch ist, passiert es, dass im Wesentlichen die bekannten nicht sehr kritischen Medien nicht wirklich objektiv berichten, sondern durch eigene Unwissenheit und Konditionierung entsprechend weiter Verunsicherung bewirken. Allerdings hat die Pflanze, besonders im medizinischen Bereich, wesentlich mehr zu bieten als man glauben mag. Dies ist inzwischen schon sehr klar dokumentiert und durch Erfahrungsberichte und unzählige Studien abgesichert. Um aber wirklich ein für alle Mal eine Klärung in die einzelnen Begrifflichkeiten zu bekommen, folgen nun die entsprechenden und näheren Definitionen.

Cannabis, Hanf und Marihuana im Vergleich

Spannende Informationen über Cannabis

Viele Menschen bringen die verschiedenen Begriffe wie Hanf, Cannabis oder Marihuana durcheinander. Dabei gibt es einige Unterschiede. Bei Cannabis handelt es sich zum Beispiel um das lateinische Wort für die Pflanze Hanf (krautartig). Cannabis ist der Oberbegriff. Leider wird im deutschsprachigen Raum (Österreich, Deutschland und die Schweiz) wie auch in vielerlei anderen Ländern der Begriff genutzt, um ausschließlich THC-haltige Produkte der Pflanze zu beschreiben. Dies ist aber nur in Bezug auf die ursprünglichen Pflanzenteile von der weiblichen Pflanze richtig. Die Pflanzen sind in der Regel Cannabis Sativa oder Cannabis Indica. Auch Kreuzungen aus den Pflanzen können angesprochen sein. Diese Pflanzenteile werden im Allgemeinen konsumiert, um eine berauschende Wirkung zu erzielen. Dieser Umstand bringt Cannabis den vorauseilenden Ruf als Rauschmittel. In der Umgangssprache werden die Pflanzenteile auch „Weed", „Gras" oder „Marihuana" genannt. Sie beziehen sich ausschließlich auf die weiblichen Blüten des Gewächses. In vielen Ländern ist die Weitergabe als auch der Besitz von Cannabis verboten. Ein Verbot gilt hierbei auch für Deutschland, Schweiz und Österreich. Grundsätzlich eignen sich allerdings nur bestimmte Cannabissorten für Rauschmittelzwecke. Schließlich gibt es auch die sogenannten Nutzhanfsorten und medizinische Cannabissorten, die für die Behandlung diverser Krankheiten eingesetzt werden. In diesen Sorten ist der Wirkstoff Tetrahydrocannabinol oder auch kurz THC, sehr gering. Man spricht auch von fast kaum spürbaren Mengen und THC-Gehalt in diesen Produkten. Hier ist insbesondere hochwertiges CBD Öl zu nennen. Im Allgemeinen sorgt aber THC für eine Beeinflussung des Zentralnervensystems. Es entsteht nach dem Konsum eine übelkeitslindernde, entspannende und beruhigende Wirkung. Es ist aber entscheidend, ob das Cannabis nun als Arzneimittel oder als Rauschmittel genutzt wird. Dies muss stark voneinander unterschieden werden. Der Anbau von Cannabis ist generell weltweit. Zum einen gibt es männliche Pflanzen und zum anderen auch weibliche Hanfpflanzen. Fast ausschließlich werden die unbefruchteten und weiblichen Pflanzen als Rauschmittel genutzt. Der Grund hierfür ist, dass in den Blüten der weiblichen Pflanzen der höchste Gehalt von THC zu finden ist. Im Jahre 2010 war Afghanistan der größte Produzent von Cannabis. Satte 1500 bis 3500 Tonnen Cannabis wurden in diesem Jahr in Afghanistan geerntet. Trotz des illegalen Anbaus der Pflanze findet der Konsum etwa in 17 von 34 Provinzen statt. Somit spielt der Anbau auch wirtschaftlich gesehen dort eine zentrale Rolle. Andere Anbauländer sind zum Beispiel Marokko, Jamaika, Libanon, Kolumbien, Nigeria, Thailand, Pakistan oder die Türkei. Im Jahre 1990 wurden allein in Marokko etwa 120.500 Hektar mit Hanf bepflanzt. Man kann aber den Anbau auch auf zwei andere und verschiedene Weisen betrachtet. Es gibt zum Beispiel das sogenannte Indoor-Growing und das Outdoor-Growing. Bei dem Indoor-Growing erfolgt der Anbau generell in speziellen Gewächshäusern. Allerdings ist diese Anbau-Art grundsätzlich im deutschsprachigen Raum strafbar. Dies gilt auch für einen Selbstbedarf. Oftmals finden sich entsprechende Gründe für einen illegalen Anbau bei finanzieller Natur. Trotz der nicht zu unterschätzenden Kosten für den Anbau (dauerhafte Energiekosten für die Beleuchtung) scheinen sich die Schwarzmarktpreise für die Händler zu lohnen. Schließlich werden rund 5,00 bis

10,00 EUR je Gramm fällig. Dies kann allerdings natürlich stark variieren. Viele Händler versuchen darüber hinaus das Entdeckungsrisiko so gering wie möglich zu halten. So installieren sie entsprechende Kohlefilter in die Entlüftungsanlage, um die Gerüche der aromatisch riechenden Pflanze zu beeinflussen. Betrachtet man allerdings ein Outdoor-Growing, so wird ein Anbau von Cannabis im Freien gemeint. Hierbei ist dieser Freilandanbau dem des Nutzhanfs sehr ähnlich. Zudem ist auch der eigentliche Energiebedarf im Gegensatz zu der Gewächshaus-Zucht sehr gering. Die verwendete Hanfpflanze kann in der Regel aus einer Felderwirtschaft und für eine Direktsaat genutzt werden. Grundsätzlich wächst Cannabis optimal auf einem gut befeuchteten sowie durchlässigen Boden. Der Boden muss zudem viele organische Stoffe aufweisen können. Auch ein neutraler pH-Wert vom Boden ist für die Pflanze ideal. Konsumiert wird Cannabis als Rauschmittel oftmals über den Magen-Darm-Trakt oder die Lunge. Die Rauschwirkung entsteht allerdings unterschiedlich schnell. Dies hängt stark von dem Produkt und der jeweiligen Anwendungsform ab. Wird Cannabis inhaliert so entsteht der Rauschzustand am schnellsten, über die Lunge. Bei einer oralen Aufnahme dauert dies naturgemäß etwas länger. Die Dauer der Wirkung nach einer Inhalation schwankt zwischen zwei bis drei Stunden. Nach einer oralen Einnahme beträgt der Rauschzustand wesentlich länger. Damit Cannabis über die Lunge aufgenommen werden kann, muss es zunächst einmal in eine inhalierbare Form gelangen. Dies wird in der Regel durch ein Erhitzen erzielt. Mittels Verdampfung, einem Vaporizer oder dem Verbrennen und somit dem Rauchen eines Joints wird eine Aufnahme über die Lunge erzielt. Darüber hinaus ist aber auch der Gebrauch einer Shillum, Pfeife, Eimerrauchen oder Blunt geläufig. Sobald Cannabis inhaliert wird, wird dies auch als „kiffen“ bezeichnet. Aber auch ein oraler Konsum von Cannabis ist möglich. Dies wird ermöglicht, da Cannabinoide generell fettlöslich sind. Aus diesem Grund wird Cannabis oftmals auch mit stark fetthaltigen Lebensmitteln gemixt. Des Öfteren wird es auch als Cannabisbutter in verschiedenem Gebäck eingesetzt. Auch eine Kombination mit Schokolade oder Kakao ist üblich. Dies wird in Insider-Kreisen auch als sogenannter „Space Cookie“ betitelt. Eine weitere geläufige Methode sind Getränke. In Tee wird entsprechend Cannabisbutter geschmolzen und anschließend konsumiert. Dahingegen sind im medizinischen Bereich Zubereitungen von einer Teezubereitung der medizinischen Pflanzenextrakte oder dem THC in seiner reinen Form geläufig. Seltener ist darüber hinaus eine Aufnahme von alkoholischen und speziellen Extrakten von Cannabis über die Mundschleimhäute. Hierbei setzt die Wirkung des Rauschzustandes schon wesentlich schneller ein, als bei einem Konsum über den Magen-Darm-Trakt. Dies wird oftmals als sehr viel kontrollierbarer empfunden. In der Regel wird die Cannabis-Tinktur bei dieser Art der Einnahme unter die Zunge getropft. Von da aus gelangen die berauschenden Wirkstoffe nun direkt in die menschliche Blutbahn. Der entstehende Rausch kann nun verschiedene Auswirkungen haben. Üblich ist eine Bewusstseinsverschiebung mit assoziativem und wechselhaftem Denken. Auch eine Kurzeitgedächtnis-Beeinträchtigung ist möglich. Parallel können aber auch Bewusstseinsveränderungen auftreten, die von negativer oder positiver Natur sind. Ein intensives Erleben der Gefühle, begleitet von einem besseren Lebensgefühl, sowie einer inneren Zufriedenheit wird von vielen Konsumenten beschrieben. Allerdings können Konsumenten auch unter Traurigkeit, Angst oder Misstrauen leiden. Darüber hinaus ist auch eine Depersonalisation möglich. Als übliche körperliche Symptome des Konsums gelten gerötete Augen, eine Trockenheit des Mundes, ein verstärktes Hungergefühl, eine Puls-Erhöhung, eine Blutdrucksenkung oder ein Gefühl von Antriebslosigkeit. Allerdings können diese Erscheinungen auch von Person zu Person unterschiedlich ausfallen. Zudem beeinflusst auch der Anteil des Wirkstoffs oder auch die geistige sowie körperliche Verfassung die Wirkung sehr. Wer Cannabis als Rauschmittel das erste Mal konsumiert, der hat oftmals Schwierigkeiten die Erscheinungen richtig einzuschätzen. An sich ist aber Cannabis generell für den Menschen nicht giftig. Wie immer macht die Menge das Gift. Allerdings ist eine gefährliche Mengen-Aufnahme von Cannabis über die Lunge nur sehr schwierig möglich. Schließlich gelangen beim Inhalieren nur rund 20 Prozent THC in das Blut. In Bezug auf eine orale Aufnahme sind es nur rund 6 Prozent THC. Somit müsste eine Person, die etwa 70 kg wiegt rund 10,5 bis 280 Gramm pures THC essen, damit eine tödliche

Dosierung erreicht wird. Zudem ist es nicht bekannt, ob bisher ein Mensch an einer Überdosis von Cannabis gestorben ist. Jedoch sind die Gesundheitsfolgen eines Konsums schwer ein schätzbar. Die Folgen auf Atmungsorgane sowie ein erhöhtes Krebsrisiko durch das Cannabis-Rauchen sind ebenso sehr umstritten. Erwähnen muss man hier jedoch auch, dass bei so manchen schweren Erkrankungen, wie z.B. Lungenkrebs schon oftmals betroffenen, die vielleicht vorher schon kifften, nach ihrer Diagnose weiterkifften und vielleicht zu einer Linderung oder sogar zu einer Verbesserung fanden. Natürlich spielt wie in allem auch die psychologische Komponente, „Jedem geschieht nach seinem Glauben", mit hinein. Welche Auswirkungen der Konsum von Cannabis auf die Psyche hat, ist wiederum ein anderer zu hinterfragender Aspekt. Es ist allerdings noch nach wie vor ungeklärt, ob eine Schädigung durch einen einmaligen oder mehrmaligen Konsum eintritt. Jemand der ein Leben lang kifft, wird man dies sehr wohl anmerken. Er wird jedoch wahrscheinlich besser, klarer und gesünder sein, als jemand der ein Leben lang säuft, also überdurchschnittlich viel Alkohol konsumiert. Auch ob es sich um ein reines Cannabis Produkt oder etwaige Zusatzstoffe handelt, ist in diesem Zusammenhang wichtig. Somit sind gesundheitliche Auswirkungen des Cannabiskonsumes nicht abschließend geklärt. Man muss diesen Aspekt also an vielen Umständen und Faktoren ausmachen. Wird zum Beispiel eine Drogengewöhnung angesprochen? Wie sehen die Konsumart und Menge aus? Gibt es einen

Mischkonsum mit Alkohol und Tabak? Und wie ist die persönliche Reife sowie das eigentliche biologische Alter des Konsumenten? Weiterhin ist auch die persönliche Tagesform und Verfassung, der Zustand der Psyche oder das direkte Umfeld wichtig. Somit ist Cannabis nicht grundsätzlich etwas Schlechtes. Es kommt immer ganz auf den Einzelfall und die Person an, die es konsumiert. Dies wird auch in einer im Jahr 2017 gemachten Umfrage von Forsa laut. In dieser zeigt sich das allgemeine Denken der Bevölkerung sehr stark. Hier gaben etwa 63 Prozent der Befragten an, dass sie gegen eine Legalisierung von Cannabis im deutschsprachigen Raum seien. Dahingegen waren nur rund 34 Prozent dafür. Auffällig war, dass der Großteil der Gegner der Legalisierung Frauen, Personen über 60 Jahre als auch Mitglieder von SPD und der Union waren. Im Gegensatz dazu befürworteten Menschen unter dem 30. Lebensjahr und Mitglieder der AfD, Grünen und der Linkspartei eine Legalisierung. Naja, Studien halt. Wie sieht das in Österreich und der Schweiz aus? Ich denke das Bewusstsein wächst und damit auch die Akzeptanz von Cannabis und dann auch wird klar wie gut und hilfreich die Pflanze für uns sein kann, wenn man sie bewusst einsetzt und sich helfen lässt.

Was verbirgt sich hinter Marihuana?

Mit Gras oder auch Marihuana sind die getrockneten Blüten von der weiblichen Hanfpflanze gemeint. Dabei ist an den Drüsenhaaren der Blüten das "Harz" des Gewächses, das eine hohe Konzentrationen von CBD, THC sowie weiteren Cannabinoiden besitzt. Grundsätzlich ist Marihuana an verschiedene Aspekte geknüpft, um farbliche Unterschiede aufzuzeigen. So beeinflussen Herkunft, Qualität, Anbaumethode als auch der Trocknungsgrad die Farbe, die typischerweise grün bis braun ist. Aber auch lila bis weiß sind möglich. Zudem wird Marihuana zum einen als Arzneimittels als auch als Rauschmittel verwendet. Häufig wird es nach einer unvollständigen Verbrennung inhaliert. In den seltensten Fällen wird oraler Konsum in Erwägung gezogen. Dies geschieht zum Beispiel über Lebensmittel. Im Allgemeinen ist der THC Gehalt für eine berauschende Wirkung verantwortlich. Dieser Wirkstoff ist psychoaktiv und beeinflusst das Empfinden und die Psyche des Konsumenten. Je nach Produkt kann der Gehalt vom THC aber generell stark schwanken. Über 30 Prozent eines Wirkstoffgehalt von Marihuana ist in der Regel nur bei speziellen Cannabissorten sowie unter optimalen Bedingungen möglich. Betrachtet man den Gesetzestext des Betäubungsmittelgesetzes genauer, so fällt der Begriff Marihuana nur als ein trivialer Name auf. Hier wird eher von Cannabis gesprochen. Das Wort Marihuana findet seinen Ursprung in den USA. Von da aus kam der Name schließlich in den deutschsprachigen Raum, wo er bis heute bei etlichen Verboten eine zentrale Rolle spielt. Interessant ist aber, dass der Begriff „Marihuana“ aus dem mexikanischen Spanisch kommt. Marie und Huan, soll für die weibliche und die männliche Pflanze stehen. Dies soll die Herleitung des Namens Marihuana sein. Am geläufigsten wird aber an dieser Stelle ein Bezug auf den spanischen Vornamen namens María Juan laut. In der Umgangssprache wird Marihuana des Weiteren auch als Gras bezeichnet. Aber auch der Begriff Weed wird immer häufiger genutzt. In der Karibik wird für Marihuana darüber hinaus ein anderer Begriff, nämlich Ganja genutzt.

Lesenswertes über Haschisch

Unter Haschisch wird im Allgemeinen das gepresste und gebündelte „Harz" von der Hanfpflanze verstanden. Dieses kann generell aus den Blüten und den mit Harz überzogenen Blättern der Pflanze produziert werden. Auch hier gibt es je nach Herstellungsvariante und Qualität Farbunterschiede. Oftmals sind diese ein helles grau-braun bis mattes Schwarz. Bei Haschisch wird das Harz der Pflanzenteile von der weiblichen Pflanze angesprochen. Zudem wird es zu Blöcken oder Platten gepresst, um einen besseren Konsum zu gewährleisten. In der Umgangssprache wird Haschisch auch als Shit oder Hasch bezeichnet. Dabei werden vereinzelte Stücke Haschischplatten des Öfteren auch als „Piece“ betitelt. Haschisch ist generell in Wasser nicht löslich und ein eher braunes Weichharz. Es verbrennt zudem auf einem Platinblech rückstandslos und löst sich in Ethanol, Chloroform, Benzin, Ether, Benzol, Aceton oder

Essigether. Im Anschluss weist es eine goldgelbe Farbe auf. Wird hochwertiges Haschisch produziert, so werden in der Regel die Blüten der weiblichen Pflanze verwendet, da hier THC enthalten ist. Auch Haschisch wird als Arzneimittel und Rauschmittel verwendet. Es wird in Speisen gegeben oder als Joint zur Berauschung geraucht. Angebaut wird es hauptsächlich in Afghanistan und Marokko und von hieraus exportiert. Haschisch gibt es generell in einigen Farben, Sorten sowie Konsistenzen. Im Allgemeinen kann man die Herkunft sogar anhand der Farbe ausmachen. So kommt schwarzes Haschisch oftmals aus Afghanistan. Aber auch in Indien oder Nepal kommt schwarzes Haschisch vor. Rotes Haschisch hingegen findet seinen Ursprung häufig im Libanon. Eine dunkelbraun bis grünliche Farbe ist bei Haschisch aus Marokko zu finden.

Geschichte von Cannabis und dessen Anwendung

Die Geschichte des Hanfs als Nutzpflanze hat eine weitreichende Vergangenheit. Sie beginnt im alten China in den Jahren 2800 vor Christus. Dort wurde es nicht nur wegen seiner nahrhaften und schmackhaften Samen genutzt, sondern auch seine Fasern fanden viele Anwendungsmöglichkeiten. Gegen 300 vor Christus wurden erste Schriftstücke geschrieben, die den medizinischen Nutzen von Hanf dokumentierten und in dieser Zeit zur Behandlung von Rheuma eingesetzt wurden. Auch als Grabbeigabe wurden die Blätter genutzt.

Durch die irakischen und indischen Hochgebiete verbreitete sich dann das Hanf über die ganze Welt und wurde dank seiner starken Fasern auch für Kleidung verwendet. Die ersten Funde dafür gab es im griechisch-ägyptischen Raum, die auf eine Zeit um die 450 vor Christus hinwiesen. Auch im späteren antiken Europa, ca. im Jahr 800, galt Hanf als vielseitige Nutzpflanze, die zu diesem Zeitpunkt einen weiteren Verwendungszweck erhalten hat und zwar in der Waffentechnik. Denn die Bögen, die in dieser Zeit genutzt wurden, hätten niemals ohne die starken Hanffasern existiert. Im 13. Jahrhundert kam dann die Papierherstellung dazu und machte Hanf als Rohstoff immer unverzichtbarer. Das wurde aus einer Aufzeichnung einer Nürnberger Papiermühle um 1290 entnommen. Aber nicht nur an Land war der Werkstoff unverzichtbar. Zudem revolutionierte er auch die Seefahrt, da die kräftigen und widerstandsfähigen Fasern der Hanf-Pflanze ideal geeignet waren, um daraus Seile und Segeltuch für große Schiffe herzustellen. Eine weitere Eigenschaft der Hanfseile war, dass sie robuster gegen Salzwasser waren und bei Regen nicht so viel Wasser aufnahmen, wie beispielsweise Baumwollseile. Im 20. Jahrhundert kam es dann zur Verdrängung des Hanfs aus der Industrie und immer häufiger wurden Kunstfasern eingesetzt. Einen besonderen Einfluss darauf hatte die "Anti Hanf Kampagne" des Amerikaners Harry J. Anslinger. Es gab aber Ausnahmen aus den Reihen des amerikanischen Militärs, die Hanf für ihre Hemp-for-Victory-Kampange benötigte. Dort wurden die Fasern dringend für die Rüstung gebraucht. Auch Deutschland kam zu Kriegszeiten nicht von den Rohstoff Hanf ab und vervierfachte die Produktion innerhalb von nur wenigen Jahren. Seit den 1990-iger Jahren steigt die Produktion auch zum Beispiel in Deutschland stetig an, deckt aber bei Weitem nicht die Nachfrage. Selbst in der heutigen Zeit wird der Bedarf an Hanf in den unterschiedlichsten Bereichen stetig immer größer und es lassen sich immer mehr Anwendungsmöglichkeiten finden, bei denen Hanf als Werkstoff dank seiner einmaligen Eigenschaften eingesetzt werden kann. Mehr als 50.000 Anwendungsmöglichkeiten werden gezählt.

Synthetisch oder Vollspektrum CBD?

Generell gehen die Meinungen, ob nun synthetisches oder Vollspektrum Öl besser ist, stark auseinander. Hanf ist zudem für viele Menschen immer noch ein rotes Tuch. Dabei kann das Öl, egal in welcher Form, sehr hilfreich sein. Nicht nur Schmerzpatienten, insbesondere Patienten chronisch entzündlicher Darmerkrankungen, wie Colitis Ulcerosa oder Morbus Crohn, können sich über eine signifikante Schmerzlinderung durch die Pflanze freuen. Dieser Aspekt ist gerade für Menschen mit langjährigen Qualen und einschneidenden Lebensgeschichten eine wahre Wohltat. Der medizinische Konsum der Pflanze wird natürlich ärztlich überwacht, wovon andere Patienten und Leidensträger erheblich profitieren können. Schließlich stehen dieser Personengruppe mit jeder neuen Forschung entsprechend aktuelle Forschungsergebnisse und weitere spannende Details zur Verfügung. Aber nicht nur chronisch entzündliche Darmerkrankungspatienten können von dem heilenden Mehrwert der Pflanze ihren Nutzen ziehen. Auch andere Krankheitsbilder oder optische Erscheinungen können durch die hochwertigen Produkte der Pflanze erheblich gelindert werden. Dies liegt vor allem daran, dass die Pflanze eine besonders hohe entzündungshemmende Wirkung innewohnt. Um von dieser besonderen Eigenschaft optimal auch auf legalem Wege Gebrauch machen zu können, haben sich Spezialisten auf dem Gebiet an die Herstellung von hochwertigem Cannabidiol Öl (CBD Öl) gemacht. Das Öl besitzt aufgrund des einmaligen Herstellungsverfahrens keine psychoaktive Wirkung. Man bekommt demzufolge keinen berauschenden „High-Zustand“, wie viele Menschen an dieser Stelle vielleicht glauben. Zudem ist dieses hochwertige spezielle Öl ein wahrer Helfer für eine Vielzahl von gesundheitlichen Problemen. Zum Beispiel wird es bei Schlaflosigkeit, Akne oder auch für die Diabetes-Prävention eingesetzt. Natürlich gibt es auch spezielle Sorten, in denen der CBD-Anteil hoch ist. Diese Pflanzen werden vorzugsweise für ein rauschfreies Hanföl verwendet. Gerade Sorten, wie zum Beispiel die speziell gezüchtete Cannabis Sativa kann mit dem höchsten CBD-Anteil aufwarten. Somit wird diese Sorte vorrangig für die Herstellung von CBD-Ölen eingesetzt. Daneben werden auf dem Markt natürlich aber noch andere Sorten für die Gewinnung von CBD-Öl verwendet. Dies sind rund 50 Sorten, welche für den Hanfanbau von der sogenannten Bundesanstalt von Landwirtschaft und Ernährung entsprechend zugelassen wurden. Bei diesen ausgewählten Pflanzen ist der Gehalt vom THC unter 0,2 Prozent. Dieser Prozentsatz darf in keinem Fall überschritten werden, ansonsten droht die Entziehung der Zulassung. Des Weiteren wird auch der Anbau der Pflanzen strengstens überwacht. So darf nur zertifiziertes und speziell ausgewähltes Saatgut eingesetzt werden. Natürlich bedarf es hierfür auch eine extra Anbaugenehmigung, die zuvor bei der Behörde eingeholt werden muss. Des Weiteren sollte man schon vor dem Kauf des Öls prüfen, ob das CBD Öl einer hochwertigen Qualitätskontrolle entsprechend unterzogen wurde. Dies ist besonders wichtig, wenn man das Öl für die Behandlung von Beschwerden und Krankheiten einsetzen möchte. Hier sollte man immer zu einem hochwertigen Produkt greifen. Nur so kann man sich sicher sein, dass auch keine schädlichen Stoffe enthalten sind. Weiterhin sollte man sich auch vor dem Kauf auf der Website des Anbieters sehr genau umschauen. Hier haben die meisten Anbieter oftmals auch einen Unterpunkt und weitere Informationen über die Hersteller des Öls. Zudem kann man auch so schnell herausfinden, wie das gesamte Laborverfahren ausfällt und kann die sämtlichen Inhaltsstoffe des Öls nachlesen. Schließlich kann jede Charge sehr verschieden sein. Nur mit einer umfangreichen und seriösen Qualitätskontrolle kann man sicher wissen, dass das Produkt hält, was es verspricht. Absolute Reinheit und perfekte Qualität ist also Pflicht. Das synthetische CBD oder auch CBD-Isolat ist im Grunde ein purer und isolierter Wirkstoff des CBD. Es ist zudem ein eher weißes Pulver, das keinerlei andere Wirkstoffe oder Inhaltsstoffe besitzt.

Das Vollspektrum CBD Öl hingegen weist CBD und noch weitere Pflanzenstoffe wie Terpene und Flavonoide auf. Unter anderem besitzt es Cannabinoide wie zum Beispiel CBG, CBN, CBC, CBGA, CGCA, CBCA, THCV und viele Weitere. Auch aromatische Cannabis-Terpene, wie beispielsweise Myrcene, Pinene, Limonene oder Beta-Caryophyllene sind darin enthalten.

Die verschiedenen Terpene-Arten von Cannabis

Das CBD Öl hat, obwohl es viele Menschen nicht denken würden, sehr viele und wichtige Inhaltsstoffe. Darüber hinaus besitzt es essenzielle Inhaltsstoffe, die der Mensch einerseits dringend braucht aber andererseits nicht von selbst produzieren kann. Insbesondere die enthaltenden hochwertigen Proteine, Vitamine, Ballaststoffe, Mineralstoffe, mehrfach ungesättigte Fettsäuren sowie die Cannabinoide machen das CBD Öl so einzigartig und wertvoll.

Des Weiteren können bis jetzt lediglich rund 80 von den 480 Wirkstoffe des Öls auch im Cannabis nachgewiesen werden. Diese Stoffe sind die sogenannten Cannabinoide. Diese haben eine besonders positive Wirkung auf das Nervensystem bzw. das Gehirn eines Menschen. Gerade das Cannabinoid namens CBC besitzt eine entzündungshemmende sowie eine schmerzlindernde Wirkung. Weiterhin unterstützt es auch die Zellerneuerung eines Menschen. Bei dem zweit häufigen Cannabinoid CBD wird darüber hinaus eine Schmerzlinderung nicht nur bei chronischen Beschwerden verzeichnet. Oftmals findet es Einsatz bei Migräne, Krämpfen, Entzündungen oder Arthritis. Aber auch bei allgemeinen Schmerzen oder Epilepsie kann es wahre Wunder wirken. Interessant ist auch, dass es sich in verschiedenen Studien einen Namen bei der Behandlung von diversen Krebsarten machen konnte. Es konnte festgestellt werden, dass es bösartige Tumorzellen abtötet und so zu einer erfolgreichen

Behandlung beiträgt. Leider ist dieses Segment noch weitestgehend in den Kinderschuhen und wird derzeit tiefgründig erforscht. Es gibt zudem eine Vielzahl an Terpene in Cannabis, die alle eine unterschiedliche Eigenschaft aufzeigen können. Zum Beispiel gibt es das Terpen Myrcen, das im Cannabis am geläufigsten ist. Neben Cannabis hat aber auch Hopfen eine enorme Menge von Myrcen. Myrcen besitzt im Allgemeinen einen sehr angenehmen Geruch, das dem von Minze, Zitrone oder Mangos ähnelt. Des Weiteren besitzt dieses Terpen auch eine entzündungshemmende, schmerzstillende als auch antibiotische Wirkung. Es wird angenommen, dass THC im Zusammenspiel mit Myrcen einen besonderen Synergieeffekt eingeht. Dies führt dazu, dass beide Stoffe insgesamt einen stärkeren Effekt als das alleinige THC darstellen. Und so entsteht eine gegenseitige Verstärkung der beiden Inhaltsstoffe. Ein weiteres interessantes Terpen ist aber auch Limonella. Dies kommt in der Regel vermehrt in Zitronen oder Zitrusfrüchten vor. Das Terpen Limonella findet man aber natürlich auch in Hanf oder vielen weiteren Pflanzen. Aus diesem Grund sind die meisten Cannabis-Sorten auch sehr zitronig und gut riechend. Grundsätzlich ist aber Limonella mit vielen Eigenschaften gesegnet. Es hat eine krebsvorbeugende, antibakterielle oder auch pilzabtötende Wirkung. Zudem hemmt es das sogenannte RAS-Gen, das oftmals dafür verantwortlich ist, dass Tumore wachsen. Viele Pflanzen nutzen Limonella dazu, um sich vor Schädlingen oder Raubtieren zu schützen. Für den Menschen ist das Terpen interessant, um eine

Verbesserung von Aufmerksamkeit, Denkfähigkeit, oder der Konzentration zu erzielen. Aber auch das Terpen Caryophyll ist sehr interessant. In der Regel ist es in vielen ätherischen Ölen zu finden, insbesondere in Nelkenöl. Der schwarze Pfeffer hat zudem durch Caryophyllen den markanten und sehr scharfen Geschmack. Das besondere Terpen wird des Weiteren auch für eine Aromaintensivierung von Tabak genutzt. Darüber hinaus konnte eine Studie vom schweizerischen Bundesinstituts für Technologie belegen, dass das Terpen mitverantwortlich ist für die entzündungshemmende Wirkung der Pflanze Hanf. Für entspannende psychotrope Effekte sorgt das Terpen Borneol. Sein Geruch ähnelt dem von Kampfer sehr. Sämtliche Silver Haze Sorten besitzen zudem aufgrund des Borneols das einzigartige und besondere Aroma. Aber auch das Terpen Pinen besitzt einen einmaligen Geruch und ist im Baumharz oder bei Kiefern zu finden. Darüber hinaus gibt es das Terpen auch in Salbei, Rosmarin oder Eukalyptus. Pinen wird des Öfteren als Antiseptikum oder Hustenmittel verwendet. Es gibt weiterhin auch Untersuchungen, nachdem Pinen chemische Verbindungen zerstört und die Koppelung von Neuronen hemmt. Auf diese Weise kann eine Gedächtnisfunktion enorm verbessert werden. Oftmals ist Pinen in Skunk-Sorten enthalten und besitzt einen intensiven und einmaligen Geruch. Auch die zügige Wirkung vieler Skunk-Sorten ist durch das Terpen gegeben und es überzeugt überdies mit schleimlösenden Eigenschaften.

CBD-Isolat und Vollspektrum-CBD-Öl – Was ist besser?

In den vergangenen Jahren hat man angenommen, dass CBD-Isolat als reines und pures CBD die beste Alternative für die Behandlung von Krankheiten oder Beschwerden ist. Dies ist aber nicht unbedingt richtig. Denn auch Vollspektrum Produkte konnten sich in der vergangenen Zeit immer mehr unter Beweis stellen und zeigen, dass sie optimal gegen Krankheiten und Beschwerden wirken. Natürlich gibt es auch Szenarien, bei denen sich das CBD-Isolat gegenüber dem Vollspektrum-CBD eher anbietet. Dies ist zum Beispiel gegeben, wenn man nicht berechtigt ist, THC medizinisch zu verwenden. Zudem sollte man aber auch noch bedenken, dass verschiedene Cannabinoide unterschiedliche und auch negative Erscheinungen hervorrufen können. Dies ist bei CBD-Isolat in der Regel nicht gegeben. Zudem gibt es auch Forschungen die belegen, dass Vollspektrum Öl bei vielen medizinischen Belangen wirksamer ist als das Isolat. Dies trifft besonders bei Depressionen, Angstzuständen oder chronischen Schmerzen zu. Allerdings kann CBD-Isolat perfekt dafür verwendet werden, um ein persönliches und abgestimmtes CBD Heilmittel herzustellen. Schließlich muss man nur das reine CBD-Pulver mit etwas Öl mischen oder ganz einfach das Pulver in Getränken wie Kaffee vermischen. Zudem ist das Isolat auch in kontrollierbarer Pulverform erhältlich und kann gerade für Anfänger und Einsteiger von CBD einen echten Mehrwert darstellen.

12 Pluspunkte von goldenem CBD Öl gegenüber schwarzem Öl

Viele Menschen glauben, dass Öle die auf CBD basieren, gleich sind. Allerdings trifft das nicht zu. Denn das Cannabidiol unterscheidet sich in den Ölen von seiner Reinheit her gewaltig. Es gibt im Allgemeinen drei häufig verwendete CO2 Extraktionen, um das wertvolle CBD Öl zu produzieren. Daraus entstehen gefiltertes, decarboxyliertes, sowie rohes Öl. Prinzipiell handelt es sich beim rohen Öl um das sogenannte schwarzes CBD Öl. Dieses ist am leichtesten und kostengünstigsten herzustellen. Allerdings weisen die dort vorherrschenden Mängel und Qualitätsunterschiede eine schlechte Wirksamkeit der Produkte auf. Bei dem schwarzen CBD Öl wird eine Extraktion unternommen und anschließend wieder pflanzliche Öle infundiert. Danach gibt es keine weitere und nennenswerte Verarbeitung mehr. Zudem zeigen schwarze und decarboxylierte Öle entsprechend Schwächen, da sie nicht einheitlich bei der Zusammensetzung sowie Wirksamkeit sind. Dahingegen sind goldene und gefilterte Öle besser. Denn diese stammen oftmals aus europäischen und naturbelassenen Hanfpflanzen. Zudem bieten sie eine gewisse Einheitlichkeit in ihrem CBD-Gehalt. Das ist besonders für eine gesundheitliche Nutzung von Vorteil. Außerdem können die Anwender diese Öle auch ohne Weiteres immer wieder verwenden. Es gibt aber natürlich auch noch viele weitere Gründe, weshalb das goldene CBD Öl im Gegensatz zu schwarzem besser ist. Nachfolgend werden

12 Beispielgründe genannt und erläutert, die für goldene CBD Öle stehen.

1. Gesundheitlicher Mehrwert

In der heutigen Zeit ist es sehr wichtig auf die eigene Gesundheit zu achten. Dies ist allerdings nicht immer so leicht. Schließlich werden in vielen Lebensmitteln schädliche Inhaltsstoffe versteckt, die für die kostengünstige Produktion verwendet werden. Natürlich ist dies zum Nachteil des Endverbrauchers. Zwar werden die meisten Inhaltsstoffe auf den Verpackungen der Lebensmittel in den Supermärkten genannt. Dennoch nehmen sich viele Menschen einfach nicht die Zeit, die Bestandteile auf den Rückseiten zu lesen. Erschwerend kommt noch hinzu, dass die Hersteller die Inhaltsstoffe sehr klein und schwammig darstellen. Menschen mit einer Sehbeeinträchtigung können an dieser Stelle einfach nur auf das Beste hoffen. Aber auch Personen, die nicht mit einem gefüllten Geldbeutel gesegnet sind, unterliegen der Industrie mitsamt ihren günstigen Produkten. Darüber hinaus bewegen sich die meisten Menschen in der heutigen Gesellschaft einfach zu wenig. Der Stress und die Hektik des Alltags sorgen dafür, dass unterschiedliche Krankheiten entstehen. Natürlich tun auch die schädlichen und meist künstlich hergestellten Lebensmittel in den Supermärkten ihr Übriges. Doch was kann man tun? Zunächst sollte man auf eine ausgewogene und gesunde Ernährung achten. Man sollte sich um seinetwillen die Zeit nehmen und die verschiedenen Produkte sowie die Herstellung und Herkunft vor dem Kauf abklären. Des

Weiteren sollte man aber auch schon im Vorfeld planen, was man wann und wie kochen möchte. Wer also gesunde Lebensmittel und Gerichte für die Woche vorkocht, der kann erheblich Zeit und auch Geld einsparen. Zudem sollte man aber auch auf eine gesunde Balance zwischen Bewegung und aktiven Tätigkeiten achten. Dies ist besonders für Personen mit einer entzündlichen Darmerkrankung wichtig, da so der Magen-Darmtrakt optimal angesprochen wird. Nichtsdestotrotz ist aber auch eine Ergänzung mit dem hochwertigen und goldenen CBD Öl bei Beschwerden und Krankheiten, wie Morbus Crohn, denkbar. Denn das Öl kann an dieser Stelle perfekt die Gesundheit unterstützen und zu einem idealen Wohlbefinden verhelfen. Gerade das ansprechende Maß der Reinheit der goldenen Öle unterstützt diese Aussage. Zudem besitzt das goldene Öl auch essentielle Cannabinoide, eine Vielzahl an aromatischen Terpenen sowie die optimale Wirkung des enthaltenen CBD.

2. Die unterschiedliche Filtration

Generell verderben zu viele Köche den Brei. Dieses Sprichwort kennen wohl viele Menschen. Ähnlich sieht das aber auch bei Ölen aus. Denn wenn ein Öl zu viele überflüssige Bestandteile besitzt, so kann die Wirkung auch ins Negative umschlagen. Gerade beim goldenen Öl wird bei vielen Herstellern optimal darauf geachtet, das unnötige Pflanzenmaterialien, Wachse, fettähnliche Stoffe oder Chlorophyll getrennt werden. Es bleiben nur die wichtigsten richtigen und guten Stoffe im Öl bestehen. Dies führt auch zu der goldenen, klaren und unverwechselbaren

Farbe des Öls. Dagegen schädigen die Stoffe, die aus dem schwarzen Öl bei der Filtration getrennt werden, das Potenzial einer medizinischen Nutzung. Viele Menschen die das schwarze Öl zu sich nehmen, spüren aus diesem Grund nach der Einnahme Nebenwirkungen, wie zum Beispiel Empfindlichkeit oder Übelkeit.

3. Qualität durch vollständige Decarboxylierung

Ein weiterer Vorteil von dem goldenen CDB Öl ist, dass es sich einige verschiedene und besondere Qualitätsunterschiede aufweisen muss. Zum Beispiel wird es, um die besondere und wirksame Qualität zu erreichen, der Decarboxylierung in verschiedenen Stufen unterzogen. Dies ist im Grunde ein spezieller chemischer Prozess, der die sogenannte Carboxylgruppe entfernt. Das bewirkt, dass sich das bislang noch inaktive besondere CBDA in das wirksame aktive CBD umwandeln kann. Dieser Prozess ist wichtig, damit das goldene Öl im Anschluss auch einen medizinischen Mehrwert darstellt. Zudem trägt der Prozess auch dazu bei, dass die Wirkung von den sogenannten Cannabinoiden erhöht wird. Im Grunde wird bei der Decarboxylierung das ausgewählte Cannabis über eine bestimmte Zeit hinweg erwärmt. Und das solange, bis die wertvollen Inhaltsstoffe schlussendlich auch das maximale Potenzial einer medizinischen Wirkung entwickeln konnten.

4. Optimaler CBD-Gehalt

Viele Menschen denken beim Kauf eines CBD Öls daran, dass der Preis den Gehalt der wertvollen Substanzen bestimmt. Dies ist aber nicht immer der Fall. Man muss sich die jeweiligen Produkte genau anschauen und dann das passende Öl abgestimmt auf die eigenen Beschwerden bzw. Krankheitsbilderwählen. Denn nicht jeder Prozentsatz des CBD Gehalts im Öl ist für jede Krankheit oder für alle Beschwerden geeignet. Es kommt demnach sehr stark auf die eigenen Bedürfnisse an, damit man tatsächlich das Öl erhält, was man schlussendlich benötigt. Am besten wirft man bei der Wahl des Öls einen Blick auf den Reinheitsgrad des Produkts. Hier wird sehr schnell deutlich, ob es sich um ein schwarzes oder aber um ein goldenes CBD Öl handelt. Wurde CBDA, das „A" steht für Acid, und ist Säure, nicht in CBD umgewandelt, so ist das Öl dunkel bis schwarz und enthält viel Säure und wenig wertvolles CBD. Oftmals ist der Anteil an „A" zwischen 80 und 90 %.

5. Die Dosierung

Darüber hinaus ist eine Dosierung von dem goldenen CBD Öl um einiges leichter als bei dem schwarzem Öl. Schließlich besitzt das goldene Öl einen höheren Reinheitsgrad als das schwarze. Wer also auf ein besonders reines Produkt angewiesen ist, um zum Beispiel eine entsprechende Krankheit unterstützend zu behandeln, der sollte in jedem Fall zu einem goldenen Öl greifen. Zudem ist es auch schwierig, die nur vage angegeben CBD Gehalte der schwarzen Öle auf eine Wirksamkeit hin zu prüfen. Oftmals werden schwarze Öle durch eine rohe

Extraktion gewonnen, was die Kontrollierbarkeit des abschließenden Produkts erschwert. Zudem fällt auch auf, dass, wenn man die schwarze Variante aus der Verpackung holt und testet, unterschiedliche CBD Gehalte auftreten als eigentlich angegeben. Es kann sich demzufolge auch um eine Mogelpackung handeln. Und das ist besonders für eine optimale Behandlung von schwerwiegenden Erkrankungen fatal. Siehe in dem Zusammenhang oberes Kapitel Dosierung und Einnahme von CBD!

6. Angenehmerer Duft und Geschmack

Natürlich ist gerade bei Fragen des Geschmacks oder des Dufts immer die eigene und persönliche Meinung gefragt. Nichtsdestotrotz weisen besonders goldene Öle einen besseren und angenehmeren Geschmack sowie Duft auf, als schwarze Öle. Dies ist besonders ausschlaggebend, wenn man das Öl täglich zu sich nehmen soll. Auch bei einer mehrfachen Anwendung sollte man doch schon sicher gehen, dass man mit dem Geschmack und Duft eines Produkts übereinstimmt. Denn je nach Krankheitsbild kann sich die Einnahme eines CBD Öls nämlich auch länger gestalten. Somit wäre das schwarze CBD Öl, das einen bitteren und erdigen Geschmack hat, für eine dauerhafte Anwendung ungeeignet. Dahingegen können goldene Öle mit einem breiten Aroma-Spektrum aufwarten. Dies liegt vor allem an der großen Anzahl der dort befindlichen Terpenen, welche durch ein bestimmtes Dampfdestillationsverfahren aktiv nutzbar werden. Zudem schmecken die Anwender eines schwarzen Öls auch das Chlorophyll sowie weitere pflanzliche Teile gar nicht, die diesem Öl den Wert geben sollen.

7. Angenehme Konsistenz

Ein besonderer Vorteil von dem goldenen Öl ist auch die Konsistenz. Denn schwarzes Öl kann aufgrund der verschiedenen und teilweise auch ungünstigen Zusammensetzungen nicht nur unangenehm schmecken, sondern auch keine bis schlechtere Wirkungen aufzeigen. Zudem sind schwarze Öle auch nicht immer bei Raumtemperatur in

einem flüssigen Zustand. Es muss also zunächst ein umständliches und Zeit kostendes Wasserbad aufgesetzt werden und das schwarze Öl darin erhitzt werden. Nur so kann es schlussendlich auch genutzt werden. Außerdem bestehen die schwarzen Öle auch mit nicht sonderlich optimalen strukturellen Unstimmigkeiten. Diese müssen durch das Wasserbad erst einmal ausgeglichen werden. Leider gelingt das nicht immer. Und das Öl verhärtet sich des Öfteren oder noch schlimmer - es klebt am Boden der Flasche fest. So kann man es natürlich auch zukünftig schlecht bis gar nicht mehr verwenden. Bei den goldenen Ölen wiederum ist das Gute, dass sie auch bei Raumtemperatur in einem flüssigen Zustand bleiben. Sie sind zudem nur sehr wenig anfällig gegenüber einer Veränderung der Raumtemperatur. Und so können goldene Öle auch jederzeit und langfristiger genutzt werden.

8. Der Mehrwert des Entourage-Effekts

Bei den CBD Ölen gibt es eine Vielzahl an Vorteilen. Aus diesem Grund wird es natürlich auch gerne als wirksames, pflanzliches Heilmittel verwendet. Zudem gibt es bei Vollspektrumölen auch den speziellen Entourage-Effekt. Das ist ein Phänomen das besteht, wenn sämtliche essentiellen Wirkstoffe von der Hanfpflanze optimal zusammen agieren und arbeiten. Sie formen also insgesamt zusammen etwas Starkes und nutzen so die Stärken aller Teile optimal. Zudem wird diese Begrifflichkeit auch des Öfteren im Hinblick auf die Wirkung von den Terpenen und dem Zusammenspiel mit CBD genannt. Auf diese Weise ist es den Ölen möglich, verschiedene gesundheitliche Vorteile zu bieten. Diese Öle setzten eben ganzheitlich an und entfalten die volle Wirkung im vollen Spektrum, also Vollspektrum. Der Mensch und das menschliche System ist eben mehr als Vollspektrum, unvorstellbar viel mehr, damit ist Vollspektrum mehr als logisch.

9. Mehr fürs Geld

Viele Menschen achten bei dem Kauf eines CBD Öls nur auf das Geld und sind erst einmal geschockt, warum es so viel kostet. Dies liegt in erster Linie daran, dass Hanf nicht legalisiert ist und man für den überwachten Anbau des Produkts und den Erzeugnissen natürlich Geld braucht. Zudem sind auch goldene CBD Öle gegenüber schwarzen aufgrund der aufwendigen chemischen Verfahren etwas kostenintensiver. Dennoch lohnt sich der Preis, da diese

Öle den Menschen bei verschiedensten Beschwerden um einiges besser helfen können als schwarze Öle. Auch benötigt man bei den goldenen Ölen weniger Produkt, da sie insgesamt um einiges konzentrierter und wirksamer sind. Somit sind die goldenen Öle auch viel länger haltbar und der Preis fällt schlussendlich auch nicht mehr so ins Gewicht. Wobei es doch sehr wertvolle und dennoch günstige helle Öle gibt, wie das mehrmals erwähnte CBD-Royal.at

10. Keine THC berauschende Wirkung

Generell kann THC in schwarzen Ölen vorhanden sein. Oftmals liegt eine Konzentration von bis zu 0,2 Prozent vor. Bei den goldenen Ölen jedoch wird gewährleistet, dass sie nur einen THC Gehalt von weniger als 0,05 Prozent besitzen. Das ist natürlich ein bedeutender Unterschied. So können auch Menschen, die eine berauschende Wirkung vermeiden möchten, unbesorgt zu dem goldenen Öl greifen. Des Weiteren sind goldene Öle legal und man kann nach der Einnahme der Öle auch unbesorgt ein Fahrzeug führen oder anderen Tätigkeiten nachgehen.

11. Ansprechende goldene und klare Farbe

Viele Menschen haben mittlerweile auch schon den Unterschied zwischen den Farben der Öle erkannt. Sie wissen also, welcher Standard hinter den Farben zu finden ist. So signalisiert das goldene Öl eine besondere Reinheit des Produkts und kann bedenkenlos eingenommen werden.

12. Einfache Handhabung

Auch die Verwendung von goldenem Öl ist denkbar einfach. Man benötigt keine zusätzlichen und zeitintensiven Vorbereitungen mehr, wie das bei dem schwarzen Öl der Fall ist. Zudem muss man sich auch keine Gedanken machen, wenn man einmal eine falsche Dosierung des Öls eingenommen hat, da es eine optimale Qualität hat. Natürlich wird die Kontrolle über die

Dosierung des Öls anhand des Reinheitsgrades auch insgesamt sehr stark erleichtert. Man kann das Öl also immer ideal an seine eigenen Bedürfnisse anpassen. Dies ist auch perfekt für Einsteiger in diesem Gebiet. Toll ist auch, dass es verschiedene Prozent-Zahlen und CBD Gehalte der goldenen Öle gibt. So findet jeder das passende Produkt für deine Bedürfnisse, wobei zu erwähnen ist, dass die Prozentangabe nicht wirklich ein Qualitätskriterium ist oder auf die Wirkung des Produktes hinweist, denn es kommt vor allem auf die Zusammensetzung des Vollspektrums an und im Wesentlichen auch auf das Herstellungsverfahren und auf die verwendeten Pflanzen selbst.

THC und Hanf im Vergleich

Wissenswerte Fakten über die Pflanze Hanf

Die Hanf-Pflanze zählt allgemein zu den einjährigen krautigen Pflanzen. Dies bedeutet, dass dieses Gewächs kein
Dickenwachstum hat und somit keine Rinde produziert. Zudem kann die Wachstumshöhe je nach Nährboden und Sorte stark schwanken. Bei idealer Bodenauslastung können die einzelnen Pflanzen eine maximale Höhe von bis zu 5 Metern erreichen. Aber selbst bei minderwertigem Boden ist es möglich, dass noch eine 20 Zentimeter kleine Pflanze entstehen kann. Es gibt aber auch frei in der Natur gewachsene Ableger, die dann aber nur eine Höhe von maximal
3 Metern erreichen und wesentlich buschiger nach oben

hin ausfallen, wie Pflanzen aus dem Gewächshaus. In der Regel unterscheidet man bei der Zucht von Hanf männliche und weibliche Pflanzen, was auch als zweihäusig bezeichnet wird. Der größte Unterschied der beiden Pflanzenstämme liegt in der Blüte, welche bei der männlichen Pflanze eine bis zu 25 Zentimeter weit verzweigte und aufrechtstehende Trugdolde bilden kann. Während die weiblichen Pflanzen eher knäuig ausbildet und zu zweit in der Blattachsel sitzen. Sie werden zudem ca. 2 bis 8 mm groß. Über den Ursprung der Hanfpflanze kann heutzutage nur noch spekuliert werden, da diese Pflanze inzwischen weltweit verbreitet ist und kultiviert wird. Man vermutet aber, dass der Ursprung im asiatischen Raum liegt, von wo sie sich dann über die Jahrhunderte hinweg ausgebreitet hat.

THC und CBD – Der Unterschied einfach erklärt

Den meisten Leuten kommt bei den Begriff Hanf als erstes das Kiffen in den Kopf und das damit verbundene THC oder auch Tetrahydrocannabinol, das bei Konsum zu einer Reaktion im Gehirn führt, bei dem sich ein Stadium des Wohlbefindens und der Entspannung einstellt. Dieser Zustand wird auch allgemein als „High“ bezeichnet. Wenn auch der Cannabisrausch im großen und ganzen als harmlos bezeichnet werden kann ist es so, dass es für einige Menschen eben anders ist und es bis zu einer drogenindizierten Psychose führen kann. CBD hingegen ist dafür bekannt, dass es nicht nur antidepressiv wirkt, sondern sogar antipsychotisch sich auswirken kann. Also echt eine Wunderpflanze! Aber das ist nicht die einzige Wirkung von THC. Denn es lindert zudem auch noch Schmerzen und hemmt Entzündungen. Ein weiterer nicht ganz so bekannter Stoff der im Hanf enthalten ist, wird als CBD oder auch Cannabidiol bezeichnet. Dieser Stoff ist im Allgemeinen sehr ähnlich wie das THC. Einer der größten und markantesten Unterschiede dieser beiden Stoffe liegt darin, dass THC eine berauschende Wirkung aufweist und das CBD keinerlei psychoaktive Reaktionen hervorruft, im Gegenteil, die Einnahme von CBD kann sogar bei einem Rausch durch THC die berauschende Wirkung hemmen. CBD hat ohne zu berauschen auch die Wirkung, sodass es Schmerzen und Entzündungen hemmt. In der heutigen Zeit wird CBD auch durch seine nicht berauschende Wirkung häufig in der Medizin eingesetzt, wo es Menschen die zum Beispiel unter Angsterkrankungen, Depressionen oder Schizophrenie leiden, eine Linderung im täglichen Leben verschafft.

Die psychoaktive Wirkung von THC

Der Wirkstoff THC verursacht eine psychische Reaktion im Gehirn, durch die sich der Konsument in erster Linie aufgelockert und entspannt fühlt. Doch der Scheideweg kann auch sehr schnell in die andere Richtung umschlagen. Denn nicht nur, dass Antriebslosigkeit, gesteigerter Hunger oder Unlust entstehen können, - es kann zudem bei einer zu hohen Dosierung auch zu Halluzinationen oder im schlimmsten Fall zu einer Paranoia kommen. Dies wird in der Umgangssprache auch als „auf dem Trip hängen bleiben“ bezeichnet. Also, nicht jeder verträgt die Wirkung von THC, sodass es sich auch problematisch bis hin zu einer Psychose auswirken kann. Zu sagen ist jedoch auch, dass die Einnahme von THC keinesfalls aggressiv macht, so wie das bei manchen Menschen unter Einfluss von Alkohol der Fall ist. Der Konsument von THC wirkt meist sehr entspannt und gelassen, sodass man sagen kann, dass dieser nicht so wie der Durchschnittsmensch sich manipulieren lässt und im Konsumwahn, der sowieso nur Ersatzbefriedigung ist, mitmacht bzw. diesen mitträgt. Dies gefällt natürlich unserem Wirtschaftssystem nicht gerade, das inzwischen so aufgebaut ist, dass der Konsument mit einer Art Hypnose in der Werbung verpackt angeleitet wird, seine Sehnsüchte über Konsum von Waren etc. zu befriedigen. Diese Ersatzbefriedigung funktioniert nur kurz, sobald wir das Gekaufte haben ist die Sehnsucht meist in kurzer Zeit verflogen und es muss schon wieder weiter konsumiert werden, um sich ja nicht den wahren Hintergründen, der Sehnsucht, stellen zu müssen. Man könnte fast sagen, dass der Konsum von THC bewusster macht, wobei es dennoch beim Ausweichen seiner Lebensthemen bleibt. Absolute Nüchternheit gibt immer noch am meisten her! CBD macht nüchtern!

Das Endocannabinoid-System des Menschen

Was ist das Endocannabinoid System überhaupt? Der Begriff kommt jedenfalls aus der Cannabisforschung und der damit zusammenhängenden Wirkung auf das menschliche System. Unter dem ECS versteht man ein Signalnetzwerk, ein extrem feinstoffliches, alles kontrollierendes, ausgleichendes und harmonisierendes System, das die Selbstheilung anregt. Es arbeitet sehr stark mit dem Immunsystem zusammen. Man muss aber auch dazu sagen, dass das Endocannabinoid System noch nicht vollständig erforscht ist und daher noch nicht alle Aufgaben dieses Signalnetzwerkes bekannt sind. Was aber inzwischen bekannt ist, ist, dass eine gewisse Dosierung von Cannabinoiden dem Körper helfen kann, das ECS und damit das Immunsystem und das Selbstheilungssystem zu stärken. Dies ist besonders für Patienten mit Entzündungs- oder Autoimmunerkrankungen hilfreich. Beispiele für solche Erkrankungen sind unter anderem Atritis, Parkinson, Lupus oder Multiple Sklerose.

Der Unterschied zwischen Hanfsamenöl und CBD-ÖL

Was genau ist denn eigentlich der Unterschied zwischen Hanf-Öl und CBD-Öl? Dazu muss man als aller erstes unterscheiden, woraus die verschiedenen Öle überhaupt hergestellt werden. Das Hanf-Öl wird aus den Samen der Hanfpflanze gepresst, während das CBD-Öl aus der Blüte des für die Industrie gezüchteten Hanfs stammt und somit einen sehr geringen Anteil an THC aufweist und viele Cannabinoide, Terpene und Flavonaide aufweist. Ein weiterer Unterschied dieser beiden Öle liegt darin, dass das Hanf-Öl sehr reichhaltig ist und eine hohe Menge an Vitamin E, Linolsäuren und Proteinen beinhaltet. Auch mehrfach gesättigte Fettsäuren sind dort drin enthalten. Omega 3, 6 und 9 Fettsäuren befinden sich auch in einem sehr guten Verhältnis im Hanfsamenöl. Vitamin D kommt überhaupt nur im Hanfsamenöl pflanzlich in dieser Form und Menge vor. Bei den CBD-Ölen sind diese auch vorhanden, jedoch nicht in dem Ausmaß wie bei Hanf-Öl. Nichtsdestotrotz wird CBD-Öl nicht nur wegen seines zwar geringen, aber dennoch vorhanden THC Gehaltes eine gesundheitsfördernde Eigenschaft zugesagt. Die vielen Cannabinoide, Terpene und Flavonoide in einem guten CBD-Öl inspirieren immer mehr Anwendungsgebiete zur Forschung, damit uns Menschen aber auch Tieren geholfen werden kann, um mehr Lebensqualität zu haben. Im Gegensatz zum Hanf-ÖL, das kein THC beinhaltet, muss beim CBD-ÖL in den Inhaltsstoffen ausdrücklich darauf hingewiesen werden, wie hoch der Gehalt an Cannabdiol ist.

Das alles kann Hanf

Wer an Hanf denkt, dem kommen in den meisten Fällen als erstes die Gedanken, dass es sich um eine berauschende Droge handelt. Und das egal ob es im positiven oder im negativen Sinne. Doch die Pflanze Hanf ist mehr als ihr Ruf sie glauben machen lässt. Denn es gibt nicht nur den medizinischen oder berauschenden Aspekt, nein es gibt eine Vielzahl an Anwendungsmöglichkeiten für diese Pflanze. Nicht nur die Medizin profitiert von der reichhaltigen Anwendungsmöglichkeit dieses Naturproduktes. Hanf lässt sich auch in vielen Produkten unserer heutigen Zeit finden. Eine weitere Möglichkeit der Anwendung liegt in der Textilbranche. Alleine in diesem Bereich sind die Möglichkeiten grenzenlos. Egal ob Kleidungsstücke aus Hanffasern oder Accessoires wie beispielsweise Taschen, Armbänder oder Ketten. Überall ist Hanf gefragt. Aber auch als Tierfutter, wie in der Rinderzucht, findet Hanf inzwischen großen Anklang. Der Grund: Es ist schonender für das Tier als herkömmliches Futter. Inzwischen hat zudem auch die Papierindustrie den Werkstoff Hanf für seine Produkte für sich wiederentdeckt. Schließlich ist es nicht nur ein umweltschonender Rohstoff, der wesentlich weniger Anbaufläche benötigt. Sondern Papier aus Hanf lässt sich auch häufiger durch Recycling wieder zu neuem Papier machen als herkömmliche Quellen. Holz ist bis zu 3 x recyclebar, Hanf bis zu 8 x. Ein weiterer wichtiger Aspekt für Hanfprodukte liegt in der Lebensmittelherstellung, wo es zu Ölen gepresst werden oder in Lebensmitteln verarbeitet wird. Auch in der Bau- und der Fahrzeugindustrie ist dieser Stoff als umweltfreundlicher und leichter Dämmstoff im Vormarsch. Henry Ford baute bereits in den 1940er-Jahren eine Autokarosserie aus Hanf. Die erste Levis Jean wurde aus Hanf geschneidert. Der Hanf war und ist eine Gefahr für die Ausbeutung und Konsumwirtschaft. Dies sind nur ein paar wenige Beispiele dafür, wo Hanf Anwendung findet. Die Möglichkeiten sind nahezu unbegrenzt und es gibt immer mehr Bereiche, in denen Hanf optimale Anwendung findet.

Kann Hanf heilen?

Die Pflanze Hanf gilt schon seit Jahrtausenden als Heilpflanze. Dies wurde schon 2737 vor Christus durch den chinesischen Heilkundler Shen Nung begründet. Ein weiteres Beispiel für die frühe Anwendung lässt sich im Mittelalter wiederfinden. Hier wurde Hanf während der weiblichen Regelblutung und den damit verbundenen Schmerzen als Linderungsmittel gereicht. Selbst in der heutigen Medizin findet diese Pflanze aber noch Anwendung. Unter ärztlicher Aufsicht wird sie für die Behandlung der verschiedensten Krankheitsbilder eingesetzt, wie zum Beispiel bei chronischen Schmerzen von Rheumapatienten oder bei Entzündungskrankheiten wie Morbus Crohn. Aber das sind nur einige Krankheiten, bei denen dieser Stoff eingesetzt wird, um den Patienten ein erträgliches Leben zu ermöglichen. Man darf aber auch nicht außer Acht lassen, dass es sich bei der Behandlung mit Hanf keinesfalls um den Rauschzustand handelt. Es geht vielmehr darum, die Schmerzen der betroffenen Personen zu lindern. Des Weiteren wird die Behandlung auch strengstens von dem behandelnden Arzt überwacht, sodass es zu keinem Missbrauch oder überhöhten Dosen kommen kann. In der Regel sprechen Mediziner auch davon, dass die tägliche Dosierung von THC auf keinen Fall höher als 5 bis 20 Milligramm sein sollte. Ansonsten könnten bleibende Schäden oder starke Nebenwirkungen auftreten. Wenn man über Nebenwirkungen spricht, reden die Mediziner von Symptomen wie Mundtrockenheit, erhöhtem Puls und dem damit verbundenen Herzklopfen oder auch von Schwindelgefühlen. Die Forschung bezüglich der heilenden Eigenschaften im medizinischen Bereich ist derzeit noch am Anfang. Sie werden aber immer umfangreicher, genauso wie die Anwendungsbereiche. Einige Beispiele für weitere Anwendungen – die noch erforscht werden – sind beispielsweise Linderungen bei Asthmapatienten. Da der Rauch von Hanf die Bronchien erweitert und somit zur Verbesserung der Lungenaktivität beiträgt, kann Hanf hier einen erheblichen Mehrwert darstellen. Aber auch bei chronischer Migräne kann Hanf zu einer Linderung führen. Jedoch ist auch dieser Bereich noch nicht weitergehend erforscht. Bei Patienten mit stark ausgeprägten „Ticks“ wie es im Volksmund heißt, was in der Medizin als Spasmen bezeichnet wird, kann Hanf dazu eingesetzt werden, um diese zu verringern und somit unter Kontrolle zu bekommen. Ein Grund warum Hanf einen solch großen Anklang in der Medizin als Heilpflanze hat, ist das geringe Suchtpotenzial. Nichtsdestotrotz kann dies aber in seltenen Fällen dennoch aufkommen.

Die Verwendung von Hanföl mit Rosmarin

Der Verwendungsbereich für Hanf-Öl ist sehr groß, da dieses Öl nicht nur allein für den Verzehr geeignet ist. Bei Hauterkrankungen wirkt es wahre Wunder, wenn es auf die betroffene Stelle geträufelt wird und dann mit kreisenden Bewegungen in die Haut einmassiert wird. Denn durch das enthaltene CBD wird der Heilungsprozess angeregt, was zu einer schnelleren Abheilung führt. Auch bei Blutdruckproblemen können die reichhaltigen Inhaltsstoffe von Hanf-Öl durch seine beruhigende

Wirkung ein Senken des Blutdruckes hervorrufen. Das sind aber bei Weitem noch nicht alles. Denn auch bei Schmerzen kann das Öl eine lindernde Wirkung haben. Schon bei einem banalen Mückenstich kann das Auftragen des Öls eine lindernde Wirkung auf der betroffenen Stelle aufzeigen. Auch bei einem juckenden Ausschlag wirkt es hautberuhigend und mindert den Juckreiz. In der Küche kann das Öl aber auch angewendet werden, da es in geringen Dosen bei Lebensmitteln heilende Eigenschaften besitzt. Außerdem kann es direkt mit der Nahrung aufgenommen und so schneller dem Körper zugeführt werden. Dies lindert Schmerzen und innere Entzündungen wesentlich schneller. Aber auch bei der Körperpflege kann dieses Öl angewendet werden. Vor allem Öle, die mit Rosmarin angereichert werden, schützen die Haut vor Austrocknung, regeneriert sie und versorgt sie gleichzeitig mit Nährstoffen. Man sollte vor der Anwendung von Hanf-Ölen aber immer den beigelegten Beipackzettel lesen. Denn der gewünschte Effekt tritt nur ein, wenn man ganz genau die Anweisungen befolgt.

Warum ist Hanf Konsum im deutschsprachigen Raum verboten?

Um den Anfängen des Hanfverbotes in Deutschland, Österreich und der Schweiz nachgehen zu können, muss man in der Geschichte bis ins Jahr 1872 zurückgehen. Denn bis dahin war der Hanfkonsum noch nicht reglementiert. Doch ab diesem Jahr wurde von Kaiser Wilhelm I die erste Verordnung, den Hanfkonsum betreffend, ausgesprochen. Er legte fest, dass chemische Arzneien und Drogen nur in Apotheken verkauft werden dürfen. Dann schlossen sich 1909 in Shanghai die USA, Großbritannien, Deutschland und elf weitere Staaten zu einer internationalen Opium Kommission zusammen. Und dann 1912 in der ersten internationalen Opiumkonferenz kam es das erste Mal zu einer Debatte über die Pflanze Hanf. Italien gab den Anstoß, dass nicht nur Cannabis und weitere Drogen zu reglementieren und zu verbieten wären. Dies zogen sie aber in einem Antrag kurz darauf aber wieder zurück. 1925 bei der zweiten internationalen Opiumkonferenz in Genf drängte ein ägyptischer Delegationsleiter darauf, Cannabis zu verbieten und in der Abstimmung stimmten lediglich 3 Länder gegen diese Verordnung, in der auch Deutschland nicht im Ausschuss saß. Womit der erste Grundstein für ein weltweites Cannabisverbot gelegt wurde. Die Folge aus dieser Abstimmung war, dass sämtliche Mitgliedsstaaten dazu gezwungen wurden, Cannabis auf medizinische und wissenschaftliche Zwecke komplett zu beschränken. 1929 wurden diese Forderungen dann auch im deutschsprachigen Raum in die Tat umgesetzt und der indische Hanf wurde für illegal erklärt. Das Opiumgesetz war geboren. Im Jahre 1971 gab es dann eine Änderung. Denn das Opiumgesetz wurde in das Betäubungsmittelgesetz umgeändert, worin nun Cannabis direkt als illegale Droge erklärt wird und somit verboten ist.

Warum Hanf wieder legalisiert werden muss

Das stellt die Menschen vor gemischte Gefühle. Doch es gibt einige gute Gründe, warum Hanf und der Konsum von Hanf im deutschsprachigen Raum wieder legalisiert werden muss. Rein wirtschaftlich lässt es sich damit erklären, dass es für die Staatskasse von Vorteil wäre. Schließlich wird durch das Legalisieren von Hanf eine neue Steuerquelle geschaffen und zugleich würden die Ausgaben für die zuständigen Justizbereiche reduziert und was am wichtigsten ist, die Menschen würden gesünder sein...körperlich wie geistig! Schließlich bedeuten die Ausgaben für die Verfolgung von Cannabisdelikten Kosten und wenn diese wegfallen könnte man das entstehende offene Budget viel mehr in die Aufklärung über Hanf investieren. Ein weiterer und nicht unerheblicher Punkt der die Legalisierung stützt, ist, dass durch den Anbau von Hanf neue Arbeitsplätze geschaffen werden. Daraus folgt dann auch wieder, dass der Staat mehr Steuereinnahmen bekommt und verwenden kann. Zudem ist es auf diese Weise und mit einer Legalisierung auch möglich, dass es einen einheitlichen Qualitätsstandard geben könnte. Dieser lässt sich schlussendlich wesentlich leichter überwachen. Der nächste Punkt ist für die Medizin von nicht unerheblichen Maß wichtig: Die Legalisierung stellt für Patienten, die auf Hanf als Schmerzmittel angewiesen sind und diese auch vom Arzt verschrieben bekommen haben, eine wesentlich leichtere Möglichkeit dar, an das dringend benötigte Medikament zu gelangen. Und das ohne einen Kampf mit der Krankenkasse zu führen. Dies gilt besonders für Patienten mit chronischen Erkrankungen wie Morbus Crohn, Rheuma oder für Tumorpatienten. Auch die

Nutzbarkeit in der Industrie wäre mit der Legalisierung einer der Gründe für Hanf. Da Hanf eine vielseitige Verwendung für die verschiedensten Handwerke bieten kann, gibt es unzählige positive Verwendungsmöglichkeiten. Alleine schon im Hausbau kann es als Dämm-Material verwendet werden oder in der Textilindustrie zur Herstellung von Bekleidung. Dies würde auch die Preise im Einkauf sinken lassen, was zur Folge hätte, dass diese Kleidung auch erschwinglicher für jedermann werden würde. Noch ein Punkt für die Legalisierung ist, dass, obwohl Hanf als illegal gilt, es die Menschen nicht vom Kiffen abhält und somit dieser Umstand eine Steigerung der Straftaten zur Folge hat. Dies sind aber bei weitem noch nicht alle Aspekte. Es gibt noch wesentlich mehr die je nach Sichtweise des Einzelnen für eine Legalisierung sprechen.

Hanf als Unterstützer des Bewusstseins

Schon seit Jahrtausenden wird Hanf nicht nur als Droge oder als Heilmittel verwendet, sondern hat auch für einen spirituellen oder religiösen Weg zu den Menschen gefunden. Die im Hanf enthaltenden Stoffe wurden schon seit Anbeginn der Menschheit dazu verwendet, den eigenen Geist zu befreien und den Sinn des Seins und der Welt zu ergründen. Ein frühes Beispiel dafür ist der Taoismus, in dem mit Hanf angereicherte Räucherstäbchen dazu verwendet wurden, das Gleichgewicht der Dinge zu erreichen und die egoistischen und habgierigen Gedanken der Menschen zu vertreiben.

Dies wurde durch das Ying und Yang symbolisiert. Aber nicht nur die Taoisten haben Hanf verwendet. Auch die Buddhisten oder Hindu haben mit Hanf den Weg zur Erleuchtung gefunden. Nicht nur die östlichen Glaubensrichtungen griffen auf Hanf zurück. Auch ein Teil unserer westlichen Religionen machte sich die berauschende Wirkung von Hanf für religiöse Zwecke zu Nutze. Zu einer der neueren Gruppierungen zählen die Rastafaris, die 1930 in Jamaika gegründet wurden. Die Gruppe, die den Rastafarianismus zelebriert, verwenden Hanf für verschiedene Zeremonien und lehnen sämtlichen weltlichen Besitz sowie die Unterdrückung der Menschen ab.

Hanf der Retter des Planeten und der Menschen!

Da Hanf viele positive Eigenschaften besitzt, sollte man sich mal einen Moment Zeit nehmen und vor Augen halten, was Hanf eigentlich so wertvoll für den Planeten und den Menschen macht. Abgesehen von den vielen tollen Wirkungsweisen hat es auch viele ökologische Vorteile gegenüber dem Anbau von anderen Ackerpflanzen. Das liegt darin, das Hanf so gut wie keinen Dünger benötigt und trotzdem überall wächst. Zudem werden keine Pestizide benötigt, was wiederum das Grundwasser entlastet. Des Weiteren kann Hanf in fast jeden industriellem Bereich als ein schonender Werk- und Rohstoff eingesetzt werden. Alleine diese und noch weitere Punkte sollten alle Zweifel beiseiteschieben und jeden davon überzeugen, dass Hanf aus ökologischer Sicht einen grünen Stempel hinterlässt. Hanf kann also gut und gerne von sich behaupten, eine der besten Nutzpflanzen überhaupt zu sein, wenn nicht die Beste. Leider hat Hanf aber immer noch einen schlechten Ruf den es überhaupt nicht verdient. Es wird als Droge bezeichnet, was den Menschen nur schädigt und abhängig macht. Doch das stimmt in keinster Weise. Im Gegenteil! In gewissen Dosen hilft es den Menschen gesund zu leben und es wird sogar in der Medizin angewendet, um chronische Krankheiten zu behandeln und den Patienten ein unbeschwertes Leben zu ermöglichen. Zudem entspannt Hanf den Körper, die Muskeln und hemmt Entzündungen. Auch Kleidungsstücke aus Hanf sind für den Menschen von unschätzbarem Wert, da diese keinerlei Schadstoffe enthalten, die über die Haut aufgenommen werden können. Alles in allem ist Hanf also nicht nur einfach eine Pflanze, sondern ein wichtiges Naturgut, das immer mehr von Bedeutung für die gesamte Erde und den darauf lebenden Menschen bekommt.

Rechtslage im deutschsprachigen Raum

Es gibt eine Vielzahl an Theorien, Mythen und auch Wunschvorstellungen zu dem Thema Hanf. Allerdings hat der Gesetzgeber natürlich auch hier ein Wörtchen mitzureden und diese Macht nutzt er leider auch zum Nachteil von Patienten und deren Angehörigen. Die Rechtslage beim Konsum von Hanf zu durchblicken kann auf den ersten Blick recht schwierig sein. Doch wer sich etwas Zeit nimmt, wird die Grundlagen ganz einfach durchblicken. Im Allgemeinen gilt Hanf als verboten. Dies gilt sowohl für den Anbau, den Vertrieb und den Besitz. Es hält sich auch hartnäckig der Irrglaube, dass eine geringe Menge legal sei. Aber schon bei einer Menge von etwa 0,1 Gramm liegt eine Straftat vor. Und es kann dann auch bereits hier schon zu empfindlichen Strafen kommen. Nicht selten wird an dieser Stelle bei einer allgemeinen Verkehrskontrolle nicht nur geprüft, ob jemand Alkohol getrunken hat, sondern auch, ob Drogen konsumiert wurden. Wer durch Schlangenlinienfahren oder Ähnlichen im Straßenverkehr auffällt, der muss sich oftmals die unangenehme Frage gefallen lassen, ob man Drogen genommen hat. Schon bei einem Verdacht sind die Beamten in der Regel dazu berechtigt, einem

Drogenbesitz zu überprüfen. Dies gilt natürlich besonders, wenn man in der Vergangenheit wegen Drogenbesitz oder -Konsum auffällig geworden ist. Findet ein Beamter dann zum Beispiel Cannabis, so wird die Person aufgrund der Vorstrafe nicht ohne Weiteres ziehen gelassen. Je nach Menge der Substanz kann es sich aber auch schon um eine Freiheitsstrafe für den Betroffenen handeln. Bei geringen Mengen und bei einem erstmaligen Fund ist es den Behörden überlassen, ob es dann als geringe Menge abgetan wird oder nicht. Auch das jeweilige Bundesland ist in Deutschland zum Beispiel an dieser Stelle entscheidend. Je nach Bundesland können nämlich auch Mindestmengen zwischen 6 bis 15 Gramm liegen. Das sind aber eher vage Angaben und nicht die Regel. Aussagen über die Strafen die daraus folgen können, hängen sehr stark von der Menge des gefundenen Hanfs ab. Zudem ändern sich die Gesetzteslagen dazu in Österreich, Deutschland und der Schweiz ständig und es werden somit immer andere Werte aktuell, die als Richtlinie gelten. Es kann natürlich aber auch bei dem Anbau von Hanf-Pflanzen zu empfindlichen Strafen kommen, die je nach Anzahl der Pflanzen, des THC Gehaltes und der Größe der Aufzuchtanlage berechnet werden können. Sollte die Menge die „geringe Menge“ überschreiten, folgt mindestens ein Jahr Haft. Sollte es aber „nur“ eine oder zwei Pflanzen sein, dann kann es unter Umständen nur eine Geldstrafe geben. Dies ist auch in Österreich und der Schweiz so vorgesehen. Es gibt nur eine Möglichkeit, Hanf legal zu konsumieren und das ist, wenn es als medizinische Arznei mit

Ausnahmegenehmigung zum Beispiel in Deutschland vom BfArm konsumiert wird. Und selbst dann werden der Anbau und der Konsum unter strenge Auflagen gestellt und überwacht. Diese Genehmigung zu erhalten ist aber nur in äußerst seltenen Fällen möglich. Oftmals, wenn keine anderen Medikamente mehr wirken. Sämtlicher anderer Konsum von Hanf ist nach deutschem Gesetzbuch illegal. Auch bei Reisen in das Ausland sollte man als Konsument von Cannabis dringendst aufpassen und sich vor der Reise informieren, wie die Höchstmengen sind oder ob es nicht sogar komplett verboten ist Hanf bei sich zu haben. Denn die Strafen können je nach Land wesentlich höher und härter ausfallen als im deutschsprachigen Raum. Am besten sollte man sich also an seinen Arzt wenden, um medizinischen Hanf zu erhalten und die jeweilige zuständige Behörde herauszufinden.

NACHWORT

Zusammenfassend lässt sich also erkennen, dass Hanf mit all seinen nützlichen medizinischen Produkten unbeschreiblich genial ist und uns auf unserem Weg zu Gesundheit und einem nüchternen klaren Geist, zu körperlich geistigem Wohlbefinden und einem gesunden Bezug zum Leben hilft. Denn was immer nur mit dem Kiffen und exzessivem Drogenkonsum in Verbindung gebracht wird, ist bei Weitem übertrieben und eben die über Jahrzehnte von der Wirtschaft wie der Politik und unrichtigerweise eingeredete falsche Meinung über die PFLANZE DES LEBENS. Es ist vielmehr ein Naturprodukt, das eine große Bandbreite an Möglichkeiten für medizinische Anwendungsbereiche bietet. Gerade als Schmerzmittel bei chronisch Kranken oder für industrielle Zwecke. Es gibt viele Bereiche, in denen die Pflanze optimal eingesetzt werden kann. Zudem ist der Anbau für medizinische Zwecke generell sehr umweltfreundlich und es benötigt kaum ein Zutun zum Wachsen. Die Pflanze kann also viele tolle und unzählige gewinnbringende Möglichkeiten aufzeigen, von denen die Medien leider „NOCH" zu wenig berichten. Zu oft wird die Berichterstattung auf Einzelfälle oder kriminelle Delikte in diesem Bereich abgestellt, ohne auch nur einmal die positiven Aspekte zu verdeutlichen. OFFENSICHTLICH ist es auch viel spannender für die Leser bestimmter Klatschzeitschriften zu erfahren, wie schlimm die Pflanze doch ist. Auf diese Weise werden der Hass und die Unsicherheit zu dem Thema jedoch leider nur geschürt.

Des Öfteren sind die meisten Berichte solche Zeitschriften zudem auch sehr schlecht und nur dürftig recherchiert. Es werden keinerlei Unterschiede zwischen den Begrifflichkeiten gemacht, da davon ausgegangen wird, dass sowieso niemand den Unterschied genau kennt. Es ist schade, dass Kosten und Zeit zu dem Thema nur im negativen Sinne aufgebracht werden. Viel sinnvoller wäre es allerdings, wenn diese Zeit und die entsprechenden finanziellen Mittel für die Forschung und weitere wichtige Arbeiten investiert werden würden. Besonders im modernen Bildungssystem könnte sich eine entsprechende Aufklärung sehr lohnen. So würden Studenten in der entsprechenden Medizin oder Pharmaberufen endlich ein ausführliches und wirklich lohnenswertes Wissen bekommen, ohne immer einen negativen Beigeschmack von Einzelschicksalen erfahren zu müssen. Durch das Bereitstellen der Informationen und dem Pflanzenmaterial an Universitäten könnten entsprechende Studien auch kostengünstiger von den zukünftigen Experten durchgeführt werden. Auch Lehrkräfte und Dozenten könnten auf diese Weise ihren Horizont erweitern und dazu beitragen, dass bislang unheilbare Krankheiten geheilt werden könnten, der Paradiesplanet Erde sich wieder erholen kann und unser Bewusstsein einen längst anstehenden, vielleicht sogar überlebensnotwendigen Sprung vollzieht. Die Verantwortlichen an den wichtigen Posten werden, wenn sie letztlich auch erkennen, dass es wichtig richtig und hilfreich für unser Wohlbefinden, wenn nicht unser Überleben ist, sicher auch die richtigen Weichen stellen, damit es uns allen gut geht und wir in

Frieden mit uns und der Welt sind. Vielleicht wird es noch einige Zeit in Anspruch nehmen, bis weitere und wichtige Studien über Hanf gemacht werden. Jeder kann etwas tun, um die Forschung in dem Gebiet voranzutreiben. Allen voran sollte man sich bei Umfragen für eine Legalisierung von medizinischem Hanf aussprechen, wobei wir überzeugt sind, dass auch der Konsum von THC, in bewussten Mengen, mit Sicherheit auch dazu beiträgt, dass der Mensch kreativ in Frieden und Freude miteinander lebt und sich gegenseitig unterstützt. Bedenken wir doch, wie sanft und fühlend sich Menschen, die THC konsumieren, verhalten! Vergleichen wir es mit anderen Drogen, nehmen wir es in Bezug zu Alkohol, der enormes Leiden schafft und der körperlichen wie der psychischen Gesundheit enorm viel Schaden in unserer Gesellschaft zufügt, müssen wir sagen, legalisiert alles vom Hanf und meidet Alkohol, wobei auch gegen ein Bierchen oder ein paar gute Gläser Wein nichts zu sagen ist. Immer alles mit Maß und Ziel und Gefühl. Da hilft uns auch CBD, um dieses Gespür wieder zu erlangen! Das ist doch genau das was wir wollen! Wenn uns das gelingt, und es sieht gut aus, dann werden auf diese Weise weitere Behandlungsmöglichkeiten mit Hanfessenzen effektiv erforscht werden und es wird letztlich nur mehr eine präventive Anwendung von Nöten sein.

Bleiben wir zuversichtlich und tun wir was wir können, das ist das, was möglich ist! Es liegt an uns, an jedem von uns allen, was wir daraus machen! Nutzen wir die Chance und orientieren wir uns wieder am Leben, an der

PFLANZE DES LEBENS!

DER AUTOR

In Zusammenarbeit mit Freunden und Partnern ist unser gemeinsames Interesse dem LEBEN, den Paradiesplaneten Erde und dem Mensch SEIN auf allen Ebenen gewidmet.

Aus eigenen Erfahrungen und unzähligen bekannten Schicksalen ist es uns ein Anliegen, das, was Cannabis kann, bekannt zu machen und aufzuklären.

Alles passiert zur richtigen Zeit. Die letzten 100 Jahre war Cannabis verdrängt worden und wir hatten damit viele andere Erfahrungen in unterschiedlichen Bereichen machen dürfen.

Es ist nicht möglich sich Dingen, die anstehen zu entziehen, zumindest ist es nicht sinnvoll dies zu tun. Nun haben wir viel Erfahrung und wissen, was wir brauchen und wissen vielleicht noch viel mehr, was nicht gut für uns ist.

Wir haben den Punkt, wo es wieder Zurück zur Natur, zurück zum Ursprung, zurück zum „lebensorientierten Leben" geht, erreicht. Jetzt ist Cannabis, Hanf, die PFLANZE DES LEBENS wieder da, und diese unterstützt uns physisch mit mehr Lebensqualität durch Gesundheit zu erfahren und vor allem, den Denker wieder aus seiner Überfunktion, aus seiner unkontrollierten Tätigkeit zurück zur Normalität zu führen.

Wenn wir die nächsten 100 Jahre so wie die letzten leben, dann werden wir wohl nicht überleben. Der Hanf hilft uns dabei nicht nur die Tapeten zu wechseln oder die Tabletten zu wechseln, sondern einen Bewusstseinssprung zu vollziehen. Dies bedeutet, dass der Mensch dem Menschsein damit näherkommt und reifer mit dem Planeten, den Mitmenschen und dem Leben umgehen wird und sich seiner selbst, als das Leben selbst, bewusst sein wird. Wir sind zuversichtlich, das solltest du auch sein. Tu was zu tun ist und sei wer du bist!

werich.at

Link für Bestellungen: http://CBD-Royal.at

Impressum

2. Auflage.

Alle Inhalte dieses Ratgebers wurden nach bestem Wissen und Gewissen verfasst und nachgeforscht. Allerdings kann keine Gewähr für die Ausführlichkeit und Vollständigkeit der enthaltenen Informationen gegeben werden. Der Herausgeber haftet für keine nachteiligen Auswirkungen, die in einem direkten oder indirekten Zusammenhang mit den Informationen dieses Ratgebers stehen.

Covergestaltung: www.fiverr.com

Coverfoto: Shutterstock.com

Kontakt: Enriche Werich
E-Mail: info@werich.at

Printed in Poland
by Amazon Fulfillment
Poland Sp. z o.o., Wrocław

49764012R00075